기적을 담는 카메라

TENSHI GA KURETA JIKAN

©Sei Yoshitsuki 2018
First published in Japan in 2018 by KADOKAWA CORPORATION, Tokyo.
Korean translation rights arranged with KADOKAWA CORPORATION,
Tokyo through Danny Hong Agency.

기적을 담는 카메라

요시쓰키 세이 지음 X 김양희 옮김

차례

이것은 내가 본 기적 이야기다.

천사가 내려온 밤

내가 태어난 의미는 무엇일까.

아침에 눈을 뜨면 늘 같은 생각을 한다.

언제부터 이런 생각을 하게 된 걸까.

두루뭉술한 하루, 그저 그런 날들이 무미건조하게 지나
간다. 기억나지 않는, 아니, 기억할 가치도 없는 어제가 하
루하루 쌓여간다. 어떤 병이든 고치는 의사를 꿈꾸던, 천진
난만한 어린 시절의 나에게 지금의 나는 어떻게 비칠까.

침대 맡에 놓인 시계가 오전 11시를 지나고 있었다.

세상은 진작부터 깨어 움직이고 있지만 나는 아직 눈을
감은 채 꿈속으로 돌아갈까 말까 망설이고 있다. 조금 전까

지 꾸던 꿈이 꽤 괜찮았기 때문에.

처음 보는 여자아이와 부둥켜안고 확실한 온기와 부드러운 감촉을 느끼고 있었다.

그런 나를 나무라는 걸까. 커튼 틈새로 들어오는 햇살은 여느 때보다 가차 없이 꿈속에서 나를 끌어냈다. 잠시 버텨봤지만 그 아이는 다시 나타나지 않았고, 마음에 구멍이 뻥 뚫린 감각만 남았다. 하는 수 없이 침대에서 빠져나오며 오늘 하루를 시작하는 작은 한숨을 내쉬었다.

대리석 빛깔 하늘, 빛 알갱이를 뿌린 바다. 커튼 밖에는 예나 지금이나 한결같은 풍광이 펼쳐진다. 여름에는 서핑족이나 해수욕을 즐기는 가족들로 붐비는 이 바다도 3월 끝자락인 요즈음에는 인적이 뜸하다.

지바현 가쓰우라시 우바라.

이곳에는 간토 지방(도쿄, 이바라키, 도치기, 군마, 사이타마, 지바, 가나가와로 이루어진 수도권 지역)에서 보기 드문 맑고 투명한 바다가 펼쳐져 있다. 우바라의 존재를 아는 몇 안 되는 도시 사람에게는 '간토의 오키나와'라고 불리는 모양이다.

내가 우바라에 와서 살게 된 것은 딱 2년 전, 열여덟 살 때였다.

이곳 외갓집에서 지금 조부모님과 함께 살고 있다. 어렸을 때는 여름방학마다 도쿄 집에서 세 시간 이상 전철을 타고 이곳에 놀러 오곤 했지만 이렇게 오래 머물기는 이번이 처음이다.

다다미방 한 모퉁이에 놓인 불단 가운데에서 젊은 시절의 어머니가 평소와 다름없이 미소 짓고 있다. 아마도 아침에 할머니가 꽂아놓았을 국화꽃과 어머니가 생전에 무척 좋아하던 피가 얇은 찐빵이 젯밥으로 놓여 있었다. 오늘은 어머니의 기일이다.

어머니는 20년 전 오늘 세상을 떠났다.

어머니는 나를 임신하면서 자신이 백혈병이라는 사실을 알게 됐다.

일본에서 굉장히 인기 있던 백혈병을 소재로 한 연애소설이 출간되기 전의 일로, 어머니가 그 병에 대해 얼마나 알고 있었는지는 모른다.

어머니는 당신 목숨과 내 생명을 저울질해 보고는 아직 태어나지도 않은 나를 선택했다. 임신 30주 차에 제왕절개로 조기 출산하면서 나를 이 세상에 내보내고는 바로 허망하게 세상을 떠났다.

아버지는 홀로 남겨진 나를 키우느라 몹시 애를 먹었다고 한다.

내가 철이 들 때쯤 아버지가 재혼했다. 새어머니와의 사이에 여동생이 태어나고부터 나는 가족 안에서 항상 어딘가 겉도는 존재였다.

우바라의 외갓집은 내 마음의 안식처였다. 이곳에는 내가 있을 자리가 있었다. 할머니와 할아버지는 어머니 이야기를 많이 해주었고, 당연히 어머니가 나를 임신했을 때 병마와 싸우던 사연도 들려주었다. 그러다 보니 어느 틈엔가 자연스레 의사가 되겠다는 생각을 품게 됐는지도 모른다.

나에게서 어머니를 빼앗아 간 병을 치료하는 훌륭한 의사가 되고 싶었다. 그런 꿈을 이야기하면서 아버지에게 내 존재를 인정받고 싶은 마음도 한구석에 자리 잡고 있었다. 그것이야말로 내가 태어난 의미라고, 어머니의 원수를 갚으면 아버지가 나를 사랑해 줄지도 모른다고, 그렇게 나는 믿고 있었다.

그런 아련한 꿈은 머지않아 감쪽같이 사라졌다.

초등학생이 되자마자 내 몸에 이상이 생겼다.

급성 백혈병. 기이하게도 어머니와 같은 병이었다.

의사가 되겠다는 꿈을 좇을 새도 없이 내 인생은 그날을 계기로 180도 달라졌다.

그 뒤로 한 번 재발하긴 했지만, 운 좋게도 지금은 평온한 일상을 살고 있다.

하지만 언제 또 재발할지 모른다. 오랜 투병 생활로 짐작하기로는, 한 번만 더 재발하면 그땐 정말 가망이 없을 것이다.

백혈병을 소재로 한 그 연애소설은 열일곱 살에 병이 재발해서 입원했을 때 처음 읽었다. 슬픈 이야기였다. 나에게는 입원 중에 병을 견디게끔 해주는 애인은커녕 친구조차 없었기에 "도와주세요!" 하고 대합실에서 소리칠 일은 없었지만(일본에서 2001년 출간되어 300만 부 이상 판매된 《세상의 중심에서 사랑을 외치다》에 등장하는 장면. 백혈병에 걸린 여주인공이 대합실에서 쓰러지자 남주인공이 "도와주세요"라고 외치는 장면이 유명하다). 아, 그건 옆에 있어준 상대가 외친 말이었나. 뭐어느 쪽이든 상관없다.

어쨌든 어릴 적에 그리던 눈부신 꿈과 희망은 모두 빛이 바랬고, 이제는 의사가 되겠다고 공언할 일도 없다. 삶의 목적을 잃은 나는 요양을 핑계로 숨 막히는 집을 나와 도망치듯 이 시골 마을로 왔다.

조부모님은 민박집을 운영한다. 1층에는 카운터와 주방, 우리가 지내는 공간이 있다. 2층은 모두 객실인데 하루 최대 세 팀만 숙박할 수 있는 자그마한 민박집이다.

전해 듣기로는 예전엔 우바라에 200곳이 넘는 민박집이 있었으며 주민 70퍼센트가 민박집을 운영했다고 한다. 성수기에는 민박집이 모두 만실이라 식당 공간에서 자는 손님까지 있을 정도였다나. 하지만 우바라를 찾는 사람이 점점 줄면서, 지금은 새로운 손님은 거의 없고 단골손님 덕분에 겨우겨우 유지하는 형편이다.

외가는 대대로 어부의 길을 걸어왔다. 할아버지도, 할아버지의 할아버지도 바다로 나갔다. 외동딸인 어머니가 사내아이였더라면 역시 어부가 되었으리라.

이 작은 민박집에서 날마다 다채롭고 신선한 생선회를 낼 수 있는 것은 그 덕분이다. 이왕 이곳에 왔으니 돌아가신 어머니 대신 나라도 가업을 이어야 마땅하겠지만, 여기서 지내는 2년 동안 내가 도운 일이라고는 책을 읽으며 카운터를 지키는 정도였다.

카운터 일이 끝나는 저녁이 되면 평소처럼 집 앞을 돌아 바닷가로 향한다. 이 마을에 오고 나서 어쩌다 보니 그게 일상이 되었다.

이곳 우바라 바닷가에는 새하얀 도리이(신사 입구에 세워진 기둥 문) 기둥이 덩그러니 서 있다. 해마다 여름이면 그곳에서 '다이묘 행렬'(에도 시대 영주인 다이묘의 행차를 본뜬 행렬)이라는 축제가 성대하게 열린다. 평소에는 한적한 마을이지만 그날만큼은 마을도 사람들도 생기가 넘친다. 이 마을 민박집들이 1년 통틀어 가장 바쁜 시기도 이 무렵이다.

나는 도리이의 주춧돌에 올라서서 바다를 바라보는 걸 좋아한다. 요즘도 이른 아침에는 서퍼들이 여기저기서 파도를 타지만 저녁 이맘때쯤이면 인기척이 완전히 사라진다. 바다를 보러 멀리서 찾아온 관광객도 저녁이 되면 돌아갈 채비를 한다. 어쨌든 이 마을에는 바다 말고는 시간을 보낼 만한 곳이 없으며 전철은 한 시간에 한 번밖에 오지 않는다. 이 시간에 전철을 놓치면 다음 전철을 기다리는 사이에 해가 지고 만다.

아무도 없는 해변은 사색하기에 더할 나위 없이 좋은 장

소다. 나는 오늘도 이곳에서 내가 살아 있는 의미를 생각한다. 아직 답은 찾지 못했다.

그런데 오늘은 여느 때보다 훨씬 더 감상에 젖어들었다. 이유는 분명하다. 오늘이 내 스무 번째 생일이기 때문이다.

노을 지는 바다의 빛이 점점 깊어졌다. 그에 맞장구치듯 하늘은 팔레트에 퍼진 물감처럼 그러데이션 색으로 펼쳐져 있었다. 노을빛이 반사되어 구름이 몽글몽글 입체적으로 드러나고 그 음영에 보라색과 주황색과 파란색이 어우러졌다. 미술관에 걸린 한 폭의 그림 같은 풍광이었다.

바다의 하늘이 가장 아름다운 시간. 마치 천사라도 내려올 듯한 하늘이었다.

"하늘에서 천사가 내려올 것만 같아."

뒤돌아보니 모래사장에 여자아이가 서 있었다. 목에 건 카메라를 들고 열심히 셔터를 누르면서. 내가 흠칫 놀란 것은 갑자기 들려온 목소리 때문만은 아니었다. 그 애가 중얼거린 말이 방금 내가 떠올린 생각과 똑같았기 때문이었다.

"거기서 뭐 해?"

그 애는 들고 있던 카메라를 내리더니 이번에는 나를 향해 또렷하게 말했다.

나하고 비슷한 또래일까. 몸이 너무나 가냘파서 카메라가 쇳덩이처럼 무거워 보였다. 새하얀 피부는 석양빛으로 물들어 있고 깊은 바닷속 같은 눈동자가 나를 빤히 쳐다보고 있었다. 나도 모르게 숨을 죽였다. 처음 본 여자아이에게 첫눈에 마음을 빼앗기고 말았다.

"딱히 뭐……."

"저기, 그쪽으로 가도 돼?"

그 애는 내가 서 있는 도리이를 가리켰다. 그 옆에 있는 주춧돌에 올라가고 싶다는 뜻이겠지. 어차피 내 것도 아니지만 "응"이라고 대답했다.

그 애는 기쁜 듯 미소를 머금은 채 주춧돌에 껑충 올라서더니 기둥을 붙잡고 머리 위에 매달린 금줄(신성한 영역을 표시하기 위해 매어놓는 새끼줄)을 올려다봤다. 곧이어 그 애의 시선은 앞쪽에 펼쳐진 바다로 향했다. 오뚝하게 솟은 콧날이 저녁노을에 붉게 물들어 있었다. 그 애를 빤히 쳐다보고 있다는 사실을 흠칫 깨달은 나는 황급히 바다로 시선을 돌렸다.

웬일인지 가슴이 제멋대로 뛰었다. 내 또래 여자아이와 오랜만에 이야기를 나눠서일까. 내 얼굴도 붉게 물든 것만 같아서 더는 그쪽을 보지 않기로 다짐했다.

그런데 어째서일까.

두근대는 심장 소리도, 이 고요한 침묵의 시간도 더없이 편안하게 느껴졌다. 훨씬 오래전부터 둘이서 이렇게 서 있었던 것처럼, 평온한 시간이 우리 사이에 흐르고 있었다.

"노을이 참 아름답다. 바다의 하늘은 이 시간이 가장 예쁜 게 분명해."

그렇게 말한 그 애가 다시 카메라 파인더를 들여다보았다.

"뭐?"

나는 조금 전의 다짐을 깨고 그 애를 돌아봤다. 그 애가 또 내 생각을 그대로 말했기 때문이다.

어쩌면 정말로 내 마음을 읽었는지도 모른다. 이상하게 만약 그렇다고 해도 찜찜하진 않았다.

"나도 그 생각 했는데."

그 말에 그 애가 나를 보며 후훗, 소리 내어 웃었다. 어린 아이처럼 웃는 모습이 친근하게 느껴져 그 애에게 말을 걸었다.

"사진 찍는 거 좋아해?"

"아, 응, 좋아해. 사진작가가 되고 싶거든."

그 애는 다시 나를 향해 카메라를 쳐들면서 사진 찍는 자세를 취했지만, 셔터를 누르지는 않았다. 아무래도 나는 피사체로서 실격인가 보다.

"너는?"

갑작스러운 질문을 이해하지 못한 나는 그 애를 멀뚱멀뚱 쳐다보기만 했다.

"그러니까 너는 꿈이 뭐야?"

두 번째 질문을 듣고서야 무슨 뜻인지 겨우 알아들었다. 하지만 이번에도 말문이 막혔다. 아주 잠깐 장래희망이 떠올랐지만 머릿속에 파도가 밀려와 곧바로 지워졌고, 남은 것은 아무것도 아닌 나였다.

입을 다물고 있었더니 그 애는 의아하다는 듯이 내 얼굴을 빤히 바라보았다.

"……나한테 미래가 있을까."

입원 생활을 반복하면서 꿈 따위는 잊어버렸다. 꿈을 향해 달려봤자 얼마 안 가 또다시 병이 재발하면 이번엔 정말로 죽을지도 모른다. 그걸 알면서 꿈을 좇는 것이 무슨 소용일까.

— 찰칵.

갑자기 셔터 누르는 소리가 들려와 고개를 들었다. 그 애의 카메라는 때마침 해 질 녘에 접어든 하늘로 향해 있었다. 수평선 너머로 떨어진 태양이 남긴 빛이 하늘에 희미하게 떠 있다. 꺼질 듯한 불꽃 같은 빛이 마치 내 존재처럼 느껴졌다.

"있지. 넌 아직 살아 있잖아."

그 애가 카메라를 든 채 당연하다는 듯 툭 말했다.

분명히 그렇기는 하지만 그 애는 내가 살아온 과정을 하나도 모른다. 알았다면 그런 말을 그리 쉽게 하지는 못했을 것이다.

하지만 내가 어떻게 살아왔는지 말하면 괜히 동정심을 사려는 것처럼 보일 듯해서 그냥 "그러네"라고 맞장구를 치며 넘겼다.

"살아 있으면 뭐든 할 수 있어. 안 그래?"

내 애매한 대답이 석연찮았는지 그 애가 거듭 확인했다.

"꼭 그렇지만은 않아."

나도 모르게 속내가 튀어나왔다.

딱히 그 애 말을 반박하려는 건 아니었다. 어차피 그 애에겐 거짓말을 해도 들킬 것 같았을 뿐이다.

"왜?"

예상대로 그 애는 눈을 깜빡이며 물었다.

"왜냐고 물으면 난감하지만……. 이 세상엔 살아 있어도, 노력해도 어쩔 수 없는 일이 있으니까."

"젊은데 꼬여 있네. 너, 몇 살이야?"

"스무 살인데."

"아, 정말? 나랑 같네. 생일은 언제야?"

다시 말문이 막혔다. '오늘이야'라고 말하면 마치 축하를 재촉하고 강요하는 것처럼 들릴지 모른다. 그렇다고 생일을 일부러 거짓으로 말하는 것도 이상했다. 잠시 뜸을 들이다가 어물어물 "오늘"이라고 말했다.

"진짜? 이런 우연이! 생일 축하해!"

그 애는 눈을 반짝이며 두 손 모아 손뼉을 쳐주었다. 아직 서로 이름조차 모르는 사이인데 자기 일처럼 기뻐하면서 축하해 주는 모습이 싫지 않았다.

"고마워."

나는 살짝 고개를 까딱였다.

"왠지 기쁘네. 이런 특별한 날에 만나다니 말이야."

그 말에 가슴 언저리가 간질거렸다. 나는 화제를 돌리려고 카메라를 가리켰다.

"그 카메라 꽤 오래된 디자인이네. 빈티지, 뭐 그런 거야?"

"으응, 이거."

그 애는 카메라에 시선을 떨구더니 "엄마 유품이야"라고 말했다.

"아, 미안, 생각나게 해서."

나는 허둥지둥 사과했다.

"괜찮아."

그 애는 웃으며 고개를 저었다.

나도 모르게 들떠서 쓸데없는 질문까지 해버렸다. 하지만 그 사정이 남 일 같지 않았다. 스무 살에 어머니가 없는 사람이 그렇게 많지는 않으니 말이다.

"사실 나도 어머니가 안 계셔. 날 낳고 바로 돌아가셨거든."

"그럼 우리, 같은 처지네."

그 애는 그마저도 기쁜 듯이 중얼거렸다. 그 애가 풍기는 분위기는 이 웃는 얼굴에서 나오는지도 모른다. 얼어붙은 마음을 녹이는 듯한 온기가 전해졌다.

"……너는 기적을 믿어?"

예상치 못한 질문이 훅 들어왔다.

"음, 글쎄. 잘 모르겠어."

나는 솔직하게 대답했다.

만약 기적이 있다면, 지금 내가 살아 있는 것 자체가 기적일지 모른다.

하지만 그 기적에 진심으로 기뻐한 적은 없다. 나는 있든 없든 이 세상에 영향을 끼칠 만한 존재는 아니니까.

"나는 믿어."

그 애가 단호하게 말했다.

"어째서?"

"왜냐면, 기적은 일어나니까."

그 애는 그렇게 말하면서 해맑은 얼굴로 찡긋 미소를 지었다.

가슴이 또 두근두근 소리를 냈다.

그 애가 그렇게 말한다면 정말로 기적이 있을지도 모른다. 그렇게 믿게 만드는 한없이 순수한 미소였다.

"너 참 별난 애구나."

무심코 그런 말이 튀어나왔다. 아하하하, 또 행복한 듯 웃는 얼굴을 보고 있자니 나까지 덩달아 얼굴이 실룩였다. 더 이상 못 참고 나도 풉, 웃음을 터뜨렸다. 내가 웃는 걸 알아차린 그 애는 재미있다는 듯 더욱 큰 소리로 웃었다.

오랜만에 마음이 편안하다. 이렇게 누군가와 함께 웃는 것도 아주 오래전 일처럼 느껴진다.

땅거미가 내려앉고 저 멀리 하늘에 금성이 홀로 떠 있다.

내 마음에 응답하는 듯한 하늘이었다. 금성은 체념과 비굴함으로 검게 물들어 가던 내 마음에 갑자기 나타난 한 줄기 작은 빛 같았다.

"왠지 우리, 마음이 잘 맞을 것 같아."

"아직 네 이름도 모르는데."

"이름 따위 뭐든 상관없잖아."

"왜?"

"이름만으로는 네 겉모습밖에 알 수 없으니까."

그럴듯했다. 그 애의 말은 한 마디 한 마디가 설득력이 있었다.

"그렇긴 하네. 그래도 이름을 모르면 나는 너를 너라고밖에 못 부르잖아."

그렇게 불쑥 말하고 나니, 앞으로도 우리 관계를 이어가고픈 내 속내가 드러난 것 같았다. 변명하려 하는데 그 애가 앞질러 말했다.

"그러네, 그건 싫어. 뭔가 거리감이 느껴지잖아."

그 애는 입을 꾹 다물고 골똘히 생각에 잠겼다.

"서로 별명으로 부르는 건 어때? 그래, 각자 좋아하는 이름으로 부르자."

본명도 모르는데 별명으로 부르다니, 또 별난 일을 생각해 낸다 싶었다.

"그럼 어디 보자. 아, 맞다! 있잖아, 나는 라파엘라라고 불러줘!"

"음, 라파……, 라파엘라?"

너무 뜻밖의 별명에 나도 모르게 미간을 찌푸렸다.

"……너무 긴가."

아니, 그렇지 않아.

"그러면……, 엘라로 할게. 나는 엘라. 너는?"

그 애는 잔뜩 기대하는 눈빛이었지만 아쉽게도 나에게는 그런 멋진 별명을 떠올릴 만한 센스가 없었다.

"나는 아라타로 할게."

"어, 그건 본명이잖아? 뭐야, 시시해."

그 애는 입술을 삐죽이며 우우, 하고 야유를 날렸다. 그래도 나는 미카엘도 가브리엘도 될 수 없을 듯하니 본명으로 설득하는 수밖에 없었다.

그 애는 나를 실컷 놀리고 나서야 내 별명을 인정하겠다고 했다. 가브리엘이 되지 않아도 된다니, 한숨 돌렸다. 그 애가 도리이 위에서 폴짝 뛰어내리더니 내 쪽으로 다가왔다.

"자, 다시 인사하자. 나는 엘라야."

그 애가 나를 올려다봤다.

"잘 부탁해, 아라타. 그리고 생일 축하해."

일단 예의상 나도 도리이 아래로 내려가 그 애가 내민 손을 살짝 잡았다.

또 허둥대는 나를 보며 그 애가 빙긋 웃었다.

그 순간 나는 확신했다.

이 애는 틀림없이 내 인생에서 아주 소중한 존재가 될 거라고—

별들이 수놓기 시작한 하늘과 그 애를 눈앞에 두고, 휘이휘이 휘몰아치는 바닷바람이 나를 따스하게 감쌌다.

이것이 나와 엘라의 첫 만남이었다.

당분간 우바라에 머물고 싶지만 아직 숙소도 정하지 않았다는 엘라를 그날 바로 우리 민박집으로 데리고 왔다. 평소처럼 민박집에는 빈방이 있었다. 엘라가 머물 방을 마련하는 일은 애처로울 정도로 간단했다.

　할머니에게 자초지종을 설명하고 접수를 끝낸 뒤, 2층 가장 안쪽 객실로 엘라를 안내했다.

　부드럽게 스르륵 잘 움직이는 객실의 미닫이문을 열고 딸깍, 불을 켰다. 다섯 평쯤 되는 간소한 다다미방이다. 방에는 통원목 탁자와 좌식의자, 한지를 붙인 간접조명등, 그리고 할머니가 어디선가 사 온 골동품 항아리가 놓여 있다.

　낮에는 창 너머로 우바라의 아름다운 바다가 한눈에 들어오는 것이 이 객실의 자랑이다. 밤에는 캄캄해서 아무것도 보이지 않지만 엘라는 방에 들어서자마자 창문을 열었다. 방에 고여 있던 공기가 빠져나가고 쌀쌀한 바닷바람이 들어와 엘라의 긴 머리카락을 흩날렸다.

　"바다가, 들려."

　엘라는 창가에 앉아 귀를 기울이듯 눈을 감았다. 파도 소리가 배경 음악처럼 잔잔하게 흘렀다.

나는 들고 온 짐을 내려놓고 전기 히터를 켰다. 바닷소리에 귀 기울이는 엘라의 옆얼굴이 무척이나 아름다워 영화의 한 장면을 보는 듯했다.

불현듯 고개를 돌린 엘라와 눈이 마주쳤다.

"아라타, 데리고 와줘서 고마워."

엘라가 바람결에 날리는 머리카락을 귀 뒤로 넘기면서 미소 지었다.

숨이 막힐 정도로 두근거렸다. 나는 설레는 마음을 감추며 엘라에게 물었다.

"에, 엘라는 왜 굳이 이런 시골 마을까지 왔어?"

이 마을에는 멋진 바다를 빼면 젊은이들의 마음을 끌 만한 것이 아무것도 없었다. 나도 조부모님이 아니었다면 이곳에 올 일은 평생 없었을 것이다.

엘라가 일어서더니 짐 속에서 사진 한 장을 꺼내 천천히 내 앞에 내밀었다. 봐도 돼? 눈으로 묻는 내게 엘라가 고개를 끄덕였다.

해변에서 찍은 바다 사진. 사진에 담긴 모습은 이곳 우바라의 바다였다. 사진 속에 하얀 도리이가 찍혀 있어 바로 알아봤다.

"예전에 이 사진을 보고 한번 가보고 싶었어. 역시 오길 잘했어. 바다가 정말 아름다워. 게다가 아라타도 만나게 됐고."

그런 말을 부끄러운 기색도 없이 입 밖으로 내뱉는다. 히죽 웃는 표정을 보니 나를 놀리고 있을 뿐 딱히 깊은 의미는 없는 것 같다. 괜한 기대를 품지 않으려고 예의상 한 말이라 여기기로 했다.

"아라타, 민박집 사진 찍어도 돼?"

"상관없지만 그렇게 좋은 곳은 아니야."

"아니야, 분위기 있고 정말 멋져. 안내해 줄래?"

엘라가 아니더라도 손님이 민박집을 안내해 달라는데 거절할 수는 없다. 사실 설명이 필요할 만한 곳은 거의 없지만, 우선 목욕탕부터 보여주고 나서 주방으로 안내했다. 그 사이에도 엘라는 쉴 새 없이 셔터를 눌렀다. 도대체 뭐가 그렇게 신기한 건지 알 수가 없었다.

마침 손님들 저녁 식사가 준비되어 주방 카운터에 가지런히 놓여 있었다. 식욕을 돋우는 따뜻한 음식 냄새가 위를 자극했다.

그때 주방 안에서 꺅, 하는 작은 비명이 흘러나오더니 곧이어 무언가 뒤엎어지는 소리가 요란하게 울려 퍼졌다. 깜짝 놀라 황급히 안으로 들어가 보니 긴소매 앞치마를 입은 할머니가 바닥에 축 늘어져 있었다.

"할머니! 괜찮으세요?!"

옆에 튀김 냄비가 뒤집혀 있고 바닥 한 면이 기름으로 흥건했다.

서둘러 가스 불을 끄고 할머니를 끌어안았다. 기름을 홀딱 뒤집어쓴 할머니의 왼팔이 순식간에 빨갛게 부어올랐다. 할머니를 불러봐도 대답이 없었다. 화상 충격과 통증으로 기절한 모양이었다.

뭔가 식힐 것을 찾아 주방을 둘러봤다. 분명 냉장고에 아이스팩이 있을 텐데.

— 찰칵.

그 소리에 뒤돌아보니 엘라가 카메라를 들고 서 있었다.

"할머니 어떻게 되신 거야?"

"아⋯⋯, 할머니가 튀김 냄비를 엎은 것 같아. 화상 부위를 빨리 식혀야 하는데"

냉장고 쪽으로 손을 뻗어 아이스팩을 몇 개 움켜쥐고 화상으로 부어오른 팔에 대려는 순간, 내 눈을 의심했다.

"⋯⋯어떻게?"

당황한 나머지 들고 있던 아이스팩을 할머니에게 떨어뜨렸다. 그 바람에 할머니 몸이 움찔했다. 곧이어 할머니가 가늘게 눈을 떴다. 의식을 되찾은 것 같았다.

"⋯⋯아니, 내가 어떻게 된 거지."

할머니는 몇 번 눈을 깜빡이더니 눈동자를 이리저리 굴렸다.

"아, 맞다. 내가, 냄비를 엎어서."

말하다 말고 할머니는 고개를 갸웃거렸다. 나는 무슨 일이 일어났는지 모른 채 멍하니 할머니를 내려다보았다. 아니, 정확히 말하면 할머니 팔을.

할머니 팔에 분명히 있던 화상이 없어졌다.

조금 전만 해도 빨갛게 부어올라 있었는데, 마치 그런 일이 일어나지 않은 것처럼 흔적도 없이 사라져 버렸다. 도대체 무슨 영문인지.

"아이고, 벌써 시간이 이렇게나!"

몸을 일으킨 할머니는 시계를 보더니 몹시 허둥댔다. 정신을 차리고 보니 방금까지 분명 주방에 있던 엘라가 없었다.

"할머니, 그 팔……."

"팔? 팔이 뭐가? 아라타, 손님한테 저녁 식사 좀 내가렴! 뒷정리는 내가 할 테니까."

기절했던 탓에 기억을 못 하는 걸까. 할머니는 아무 일도 없었던 것처럼 나에게 저녁 식사가 놓인 쟁반을 들려주고 걸레로 바닥을 쓱쓱 닦기 시작했다.

영문도 모른 채 우선 손님방으로 저녁 식사를 날랐다. 우리 민박집의 자랑거리인 생선회를 보고 손님이 감격하는 사이에도 내 마음은 딴 곳에 가 있었다.

그 화상 자국은 환상이었을까. 생각하면 할수록 혼란스러워 헛것을 본 거라고 할 수밖에 없었다.

엘라의 식사를 들고 방으로 향했다. 문을 두드리자 "들어오세요"라는 말소리가 들렸다.

창가에서 카메라를 만지작거리던 엘라는 내 손에 들린 식사를 보자마자 "맛있겠다!" 소리치며 탁자로 달려왔다.

"좀 전엔 정신없었지, 미안."

나는 탁자에 요리를 늘어놓으면서 조금 전의 일을 사과했다.

"아니야. 할머니는 괜찮으셔?"

“아, 응. 괜찮……, 으시긴 한데.”

할머니가 무사해서 정말 다행이긴 한데, 그래도 역시 뭔가 마음에 걸렸다.

“무슨 일 있었어?”

“……아니, 아무것도 아니야.”

엘라가 이상한 낌새를 눈치챈 듯했다. 하지만 방금 전에 봤던 일을 얘기하면 제정신이 아니라고 여길 것 같아 차마 말할 수가 없었다.

요리를 간단히 설명하고 그만 나가려는데 엘라가 “잠깐!”이라며 붙잡아 세웠다.

“저기, 아라타. 있잖아, 우리 이제 친구지?”

전혀 예상치 못한 뜬금없는 질문이었다.

애초에 친구라는 관계에 특별한 계약은 없다. 친구란, 함께 지낸 시간 속에서 생기는 유대감을 가리키는 명칭이랄까.

우리는 겨우 몇 시간 전에 만난 사이다. 게다가 지금 엘라는 손님이고 나는 민박집 사람이다. 친구라고 딱 잘라 말하기는 좀 어렵다. 하지만 엘라가 친구이길 원한다면 구태여 딴지를 걸 마음은 없다.

“네가 그렇게 생각한다면 나는 상관없어.”

엘라는 내 허락이 떨어져서 안도한 것처럼 휴우, 하고 온몸으로 한숨을 내쉬었다.

"지금 그 말, 절대로 잊으면 안 된다?"

엘라는 히히히, 웃음이 새어 나올 듯한 만족스러운 얼굴로 그렇게 말하더니 눈앞의 맛있는 음식에 손을 뻗었다.

✦

이건 꿈일까, 현실일까. 몸이 붕 뜬 듯한 기묘한 느낌에 휩싸여 있었다.

잠에서 깨자마자 힘차게 침대를 빠져나와 서둘러 카운터로 향했다.

할머니가 어제 묵었던 손님을 현관 앞까지 배웅하려는 참이었다.

"아라타, 그런 차림으로 손님 앞에 나오면 어떻게 하니."

할머니는 미심쩍은 표정으로 나를 쫓아버리려 했지만, 나는 무작정 숙박부를 붙잡고 어제 페이지를 펼쳤다. 거기에는 분명히 '라파엘라'라고 적혀 있었다. 다행이다, 있다.

그렇다. 엘라는 숙박부에도 진짜로 그 이름을 적었다. 물론 보통은 본명을 적어달라고 하지만 엘라뿐만 아니라 다른 손님 본명도 확인할 길이 없기에 딱히 말을 하지 않았다.

모든 게 꿈이 아니었다는 사실을 알자 괜스레 한숨이 새어 나왔다.

"근데, 아라타."

손님을 배웅하고 내 옆으로 다가온 할머니가 숙박부에서 엘라의 이름을 가리켰다.

"이 손님, 언제 오셨을까?"

"언제라니……, 어제 예약 없이 왔잖아요. 한동안 장기 투숙하고 싶다고."

할머니는 지금 처음 듣는다는 표정을 지었다. 어제 엘라를 데려왔을 때 분명히 할머니도 함께 카운터에서 확인했는데. 그래서 서둘러 저녁 식사를 준비한 사람도 할머니였고.

"괜찮아요? 설마 쓰러졌을 때 머리라도 부딪친 거 아니에요?"

"그런가……. 나 원 참."

앞치마 소맷부리 아래로 할머니 팔이 보이기에 다시 한번 확인했다. 어제 입은 화상 흔적은 없다. 역시 내가 환각을 본 것이 아니었다. 그래도 그때 머리를 부딪쳤다면 병원에 한번 모시고 가는 게 좋으려나.

"안녕히 주무셨어요?"

현관 앞에서 나는 소리에 할머니와 나는 동시에 그쪽을 돌아봤다. 호랑이도 제 말 하면 온다더니, 목소리의 주인공은 엘라였다. 근처 가게에서 마실 것을 사 오는 길인지 손에 걸린 비닐봉지에 페트병 몇 개가 들어 있었다.

엘라는 오늘도 어제와 다름없이, 아니 어제보다 더 예뻤다. 햇살을 담뿍 받으며 미소 짓는 얼굴이 태양보다 눈부셔 실눈을 뜰 뻔했다.

"산책 좀 다녀왔어."

할머니는 역시 엘라를 처음 본다는 표정으로 "외국인 아니었어?"라며 은근슬쩍 내게 귓속말을 했다. 숙박부만 보면 그렇게 생각할 수밖에 없다.

그런 할머니의 속을 알 턱이 없는 엘라가 나를 손짓해 불렀다.

"아라타, 오늘도 바다에 갈 거야?"

나를 살짝 올려다보는 귀여운 눈동자에 허를 찔리고 말았다. 친구인 나는 나도 모르게 눈길을 피했다. 이래 봬도 도쿄 출신 남자인데 여자 대하는 법 정도는 좀 더 알아둘걸, 후회가 들었다.

"딱히 정하진 않았는데, 어제 그때쯤이면 거의 바다에 있어."

"같이 가도 돼?"

눈길을 피하는 내가 이상한지 엘라는 일부러 내 얼굴을 들여다보면서 말했다. 심장이 마라톤을 뛴 것처럼 쿵쾅거렸다.

"……괜찮긴 한데, 뭐 하려고?"

"별거 없어. 그냥 바다 보거나 사진 찍으려고."

그렇다면 굳이 나와 함께 가지 않아도 된다. 바로 코앞에 바다가 있으니까. 생각은 그렇게 했지만 입 밖으로 내지 않고 꾹 참았다. 나도 엘라와 함께 또 바다에 가고 싶으니까. 아니, 정확하게는 엘라를 좀 더 알고 싶었다.

데이트도 아닌데 저녁에 함께 바다에 가자는 약속을 해서인지 오늘은 하루가 말도 안 되게 길었다. 수도 없이 시계를 확인한 탓이겠지. 평소처럼 카운터에서 책을 읽으며 시간을 보냈지만 이렇게 집중을 못 한 적은 처음이었다.

초등학생 때 수업이 빨리 끝나기를 고대하며 틈만 나면

시계를 쳐다보던 일이 떠올랐다. 예전에는 하루가 지금보다 길게 느껴졌다. 자유가 적었던 만큼 즐거움을 기다리는 시간이 지금보다 훨씬 길었으니까.

저녁이 되자 우리는 또 바다로 향했다.

엘라는 어제처럼 도리이 주춧돌에 올라서 바다를 찍고 있다. 나는 해변에 앉아 엘라의 뒷모습을 바라봤다.

맑고 새하얀 피부가 저녁놀에 비쳐 붉게 타는 듯했다. 어딘가 허무한 분위기를 풍기는 엘라. 한눈을 파는 사이에 사라질 것만 같아서 나는 엘라에게서 눈을 뗄 수 없었다.

인적 없는 바다에 엘라와 단둘이 있다. 도쿄에서는 있을 수 없는 상황이다. 도쿄는 한 발짝만 밖으로 나가도 꼭 사람이 있다. 사람이 싫지는 않지만 우바라의 시간이 여유롭게 느껴지는 것은 시간에 쫓겨 안달복달하는 사람이 주변에 없어서 그렇지 싶다.

갑자기 엘라가 나를 돌아보더니 바다 쪽을 가리켰다. 해가 저문다고 말하고 싶은 듯했다. 어제도 봤으면서 천진난만한 아이처럼 눈을 반짝인다. 몇 번을 봐도 질리지 않는 풍경이다. 이 마을에 온 뒤로 2년 동안 매일같이 본 내가 하는 말이니까 단연코 아름다운 풍경이 맞다.

저무는 해를 바라보던 나는 평소처럼 그 자리에 벌렁 누웠다. 어느새 수많은 별이 하늘을 수놓기 시작했다. 이제부터는 바다보다 이렇게 하늘을 바라보는 편이 좋다.

사박사박. 도리이에서 내려온 엘라가 모래를 밟으며 이쪽으로 다가오는 소리가 들렸다. 곧이어 누워 있는 나를 내려다보는 듯한 그림자가 별이 총총한 하늘을 가렸다.

"뭐 해?"

"별 봐. 옷이 더러워져도 상관없으면……."

말이 끝나기도 전에 엘라는 나를 따라 드러누웠다. 긴 머리카락이 갑작스레 내 어깨에 걸쳐지자 또다시 심장 고동이 빨라졌다.

"우와……, 진짜 예뻐……!"

엘라는 감동했는지 두 손으로 입을 막고 발을 동동 굴렀다. 별빛 찬란한 하늘이 상상했던 것보다 훨씬 아름다웠던 모양이다. 그 모습을 보며 히죽거리던 내 표정은 밤이 잘 감춰주었겠지.

이곳의 바다와 하늘처럼, 엘라는 아무리 봐도 조금도 싫증 나지 않았다. 시시각각 바뀌는 표정이나 호들갑스러울 정도의 반응. 그 모두가 엘라의 매력으로 이어져 있다.

엘라가 우바라에 한동안 머물 거라고 말했을 때부터 왠지 모를 기대감으로 가슴이 부풀었다. 어슴푸레 내 감정을 눈치채고는 있었다.

이 감정이 바로 사람들이 말하는 '첫눈에 반했다'는 것일까. 그럴지도 모른다. 하지만 어제 막 친구 협약을 맺어놓고 벌써 규정을 깼다는 걸 엘라가 알면 어떻게 생각할까.

"친구라고, 말했잖아."

느닷없이 들려오는 엘라의 말에 심장이 멎는 줄 알았다. 엘라가 정말로 마음의 소리를 읽을 수 있는 걸까, 진심으로 의심스러워졌다. 초조한 마음을 들키지 않으려고 "……마, 말했지" 하면서 어떻게든 대답을 했다.

내 대답을 알고 기다리기나 한 것처럼 엘라는 담담하게 말을 이어갔다.

"그럼, 부탁이 하나 있는데."

정말이지 가슴이 덜컥했다. 양심의 가책을 느낄 만한 생각은 절대 하지 않았다. 엘라 입에서 무슨 말이 나올까, 짐작도 가지 않았지만 별로 좋은 일은 아닐 듯했다. 살짝 마음의 준비를 하고 엘라가 다시 입을 열기를 기다렸다.

그런데 엘라가 한 부탁은 내 예상과는 딴판이었다.

"나, 잊지 말아줘."

갑자기 진지한 표정으로 말하는 바람에 나도 모르게 표정이 굳었다.

그런 말을 들으면 잊고 싶어도 잊을 수 없다. 애초에 그렇게 말하지 않아도 엘라를 잊는 일은 없으리라. 스무 살 생일에 바다에서 만난 여자아이는 엘라 말고는 없으니까.

"잊지 않을걸?"

당황했지만 솔직하게 대답했다.

"진짜 약속한 거다?"

내 쪽을 보면서 거듭 다짐을 받아내는 엘라에게 나는 "알겠어"라고 약속했다.

그 순간 엘라는 들뜬 목소리로 "역시 친구밖에 없다니까!" 하면서 함박웃음을 지었다.

기뻐하는 그 얼굴을 보고 나는 일부러 시선을 돌렸다.

친구와는 확연히 다른 감정이 샘솟을 것 같았으니까.

엘라에게 들키지 않도록 겨우겨우 그 감정을 억눌렀다.

그리고 별이 쏟아지는 밤하늘에 맹세했다. 그 감정은 잠시 감춰두기로.

다음 날도 우리는 해변에서 나란히 저녁 바다를 바라보고 있었다. 엘라가 또 같이 가자기에 응, 이라고 답했다.

오늘은 그냥 저녁노을만 본 것이 아니라 서로에 관한 이야기를 나눴다. 물론 친구로서. 덕분에 나는 엘라를 조금이나마 알게 되었다.

엘라가 좋아하는 책은《행복한 왕자》라는 동화였다. 이미 백 번은 읽었지만 읽을 때마다 운다고 한다. 나는 슬픈 이야기는 별로라서 그런 책은 거의 읽지 않지만, 엘라가 강력하게 추천하니 다음에 읽기로 약속했다. 엘라는 슬픈 이야기를 좋아한다기에 오랜 투병 생활을 소재로 한 바로 그 연애소설을 추천했다. 엘라는 꼭 읽겠다고 말했다.

엘라가 좋아하는 음식은 딸기 쇼트케이크라는 사실도 알았다. 나는 탄탄면을 좋아한다고 알려줬다. 근처에도 아주 맛있는 탄탄면 가게가 있다고 하자 엘라가 다음에 데려가 달라고 말했다. 조만간 함께 가기로 약속했다.

엘라는 사진을 좋아하는 이유도 말해줬다. 아무리 감동한 사물이나 풍경도 시간이 지나면 잊고 만다. 그 사실이 너무 안타까워 그 순간을 영원히 남길 수 있는 사진을 좋아하게 되었다고 한다.

이런저런 이야기를 나눴지만 우리는 서로의 이름과 집 주소, 혈액형, 다니는 학교 따위는 하나도 말하지 않았다. 전혀 궁금하지 않다면 거짓말이겠지만 그보다 무엇을 좋아하는지, 왜 사진을 찍는지가 엘라를 아는 데 훨씬 중요하고 우리에게 더 필요하다는 생각이 들었다.

대화에 한창 빠져 있을 때, 해변으로 이어지는 계단에서 서너 살쯤 된 여자아이가 혼자 바동바동 뛰어 내려오는 모습이 보였다. 위험하다고 생각하는 순간, 아이는 발부리가 땅에 걸리며 그대로 넘어졌다.

"괜찮니?"

울고불고 야단인 아이에게 부리나케 달려가 보니, 바닷가에 떠밀려 온 유목에 베였는지 무릎에서 피가 흐르고 있었다.

"꽤 깊게 베였네……. 앗, 미즈호 아니니?"

근처에 살아서 얼굴을 아는 아이였다. 젊은 사람이 없고 노인들만 사는 동네다 보니 이곳에서 어린아이는 아이돌처럼 사랑받는다. 미즈호는 양 갈래로 묶은 머리를 흔들면서 늘 뛰어다니는 활발한 아이였다. 부모가 한눈판 사이에 뛰어나온 모양이었다. 엉엉 우는 미즈호를 안고 쩔쩔매고 있는데 걱정이 됐는지 엘라가 다가왔다.

"어떻게 된 거야?"

"근처에 사는 앤데, 넘어져서 무릎을 다친 것 같아."

"엄마는?"

"엄마는 안 보여."

"좀 보자."

엘라는 그 자리에 쪼그려 앉아 상처를 살피더니 미즈호에게 천천히 카메라를 들이댔다.

"어, 지금 뭐 하려는 거야?"

이런 때에 사진이라니, 눈살을 찌푸리는 나를 외면한 채 엘라는 주저 없이 셔터를 눌렀다.

— 찰칵.

셔터 소리가 나자마자 나는 또다시 믿을 수 없는 광경을 목격하고 말았다.

다음 순간, 마치 모래사장에 그린 그림을 파도가 지워버리듯 미즈호의 무릎에 난 상처가 순식간에 사라졌다.

혼란스러운 나와 어리둥절한 미즈호는 서로 멀뚱멀뚱 마주 보고만 있었다.

어, 어, 아, 으……, 응?

고장 난 로봇처럼 어버버 말이 새어 나오는데, 엘라가 느닷없이 내 팔을 잡아당겼다. 끌려가듯 일어선 나를 붙잡고 엘라는 미즈호를 혼자 남겨둔 채 냅다 달리기 시작했다. 그 상황에 놀란 것은 나뿐만이 아니었다. 어느새 울음을 그친 미즈호도 얼떨떨한 얼굴로 우리를 바라보고 있었다.

엘라는 근처에 있는 그늘진 곳으로 나를 밀어 넣고서야 팔을 놓았다. 그러더니 그대로 기대서서 해변에 잠자코 앉아 있는 미즈호를 지켜보았다.

지금 눈앞에서 벌어진 일을 어디서부터 어떻게 정리하면 좋을까, 머릿속이 터지기 일보 직전이었다.

"잠깐만, 어떻게 된 일……"

엘라는 당황해하는 나에겐 눈길조차 주지 않았다. 하는 수 없이 나도 엘라와 함께 미즈호를 살폈다. 조금 뒤, 그제야 새하얗게 질린 얼굴로 달려오는 미즈호의 엄마가 보였다.

"아, 진짜 다행이다! 맘대로 나가면 어떡하니!"

미즈호의 엄마는 아이를 끌어안고서 "다친 데는 없어?"라고 물으며 온몸을 샅샅이 확인했다. 역시 미즈호에게 상처는 없어 보였다. 마치 처음부터 다친 곳이라고는 없었던 것처럼.

"좀 전에 오빠랑 언니가 있었어."

미즈호가 두리번두리번 주위를 둘러보았다. 아마 우리를 찾고 있는 거겠지. 하지만 미즈호가 무사한 것을 확인하자 안도감이 들어서인지 엄마는 그 말에 아무 대꾸도 하지 않았다. 엄마는 미즈호의 옷에 붙은 모래를 털어주고는 작은 손을 잡고 함께 돌아갔다.

나는 여전히 조금 전에 일어난 일이 믿기지 않았다. 모든 일은 엘라가 카메라로 미즈호를 찍은 그 순간에 벌어졌다.

새삼스레 엘라 얼굴을 쳐다보자 엘라는 "아무 일 없어서 다행이야"라며 어깨를 으쓱할 뿐이었다.

조금 전에 본 것은 엘라가 한 일일까. 설마 저런 일이 현실에서 일어날 리가 없다. 하지만 내 눈으로 똑똑히 봤다.

미즈호의 무릎에 난 상처가 마치 시간을 되감은 것처럼 사라지는 순간을.

나는 다시 한번 의심쩍은 눈초리로 엘라를 쳐다봤다.

그러자 엘라는 후훗, 웃고는 당찬 미소를 지으며 물었다.

"너는 기적을 믿어?"

요전에도 똑같은 질문을 했던 것이 떠올랐다.

으스스 등골이 서늘해졌다. 아무래도 엄청난 사람과 친구가 된 것 아닐까.

"……믿어, 라고 하면 어떻게 되는데?"

슬슬 눈치를 보며 그렇게 되묻자 엘라는 방긋 웃었다. 하지만 그저 웃기만 할 뿐 더는 아무 대답도 해주지 않았다.

이것이 내가 본 '기적 이야기'의 시작이었다.

흘러가는 날들

메구로강을 따라 끝없이 이어지던 초롱불이 모두 꺼졌다.

조금 전까지 북적이던 사람들은 초롱불이 꺼지자마자 거짓말처럼 어디론가 싹 사라지고 주변은 정적에 휩싸였다.

메구로강이 이토록 북적이는 시기는 아마도 이 무렵뿐일 것이다. 4월 이맘때쯤이면 뉴스에 많이 등장하는 이곳은 도쿄의 벚꽃 명소로 유명하다.

어제 비바람이 휘몰아친 탓에 벚꽃이 거의 떨어져 강물에 분홍색 카펫이 깔렸다. 고요해진 다리 위에서 나는 맥주 캔을 한 손에 들고 달밤에 홀로 벚꽃을 바라보고 있다.

내 고향인 도쿄 메구로에서 태어난 지도 이제 곧 30년.

열여덟 살부터 스무 살까지 지바현 보소반도에 있는 시골 마을에서 살았던 2년을 빼면 대부분의 시간을 이 지역에서 보냈다.

메구로역에서 언덕길을 내려가면 메구로강에 놓인 이메구로신바시 다리와 만난다. 다리 왼쪽으로 꺾어 강을 따라 조금 걷다 보면 내가 사는 아파트가 나오고, 그 바로 앞에는 성처럼 생긴 러브호텔이 있다. 일본에서 가장 오래된 러브호텔이라고 한다. 시골 국도를 따라 죽 늘어선, 한눈에 봐도 러브호텔인 건물들의 족보를 거슬러 올라가면 모두 이 호텔을 따라 했다고 해도 틀린 말이 아니다.

이즈음에는 일을 마치고 나면 늘 편의점에서 산 맥주를 마시며 다리 위에 서서 이렇게 벚꽃을 바라본다. 아주 잠깐의 더없는 행복이다.

술에 취해 비틀거리는 커플 한 쌍이 깔깔거리며 러브호텔로 빨려 들어간다. 뭐가 그리 즐거울까. 나는 싸늘한 시선으로 그 모습을 지켜보았다.

저 커플 사이에는 과연 진정한 사랑이 있을까, 쓸데없는 생각을 해본다. 정작 당사자들은 신경 쓰지도 않을 텐데.

세상 어디에나 있을 법한 행복한 연인들을 보노라면 머

릿속에 항상 한 여자아이가 떠오른다.

주머니 속에서 핸드폰 벨 소리가 났다. 벨 소리의 주인공은 외할머니였다. 한동안 할머니를 만나지 못했다. 내가 의학부를 졸업할 때 할머니는 일부러 이 도쿄까지 와서 축하해 주었고 그때 본 것이 마지막이었다. 사이가 틀어진 것도, 무슨 일이 있었던 것도 아니다. 그동안 너무 바쁜 일상을 보냈고, 정신을 차려 보니 긴 시간이 흘러 있었다.

통화 내용은 뻔하다. 건강하게 지내냐, 일은 잘하고 있냐, 언제 만나러 올 거냐. 일단 올해 안에는 가겠다고 대답했다.

마지막으로 할머니는 여자친구는 생겼느냐고 묻더니, 곧서른에 접어드는 싱글 손자를 걱정하는 말로 통화를 마무리했다.

아직 인턴인 내게 결혼은 어쩔 거냐고 들볶지는 않았지만, 여자친구가 있는지 어떤지 정도는 알아두고 싶었던 모양이다. 솔직히 그 이야기가 가장 듣기 힘들다.

지금 여자친구가 있냐고 물으면 그렇다고도 아니라고도할 수 없다. 단지 매일같이 연락을 주고받고 일주일에 이틀정도 만나는 사람은 있다.

아키야마 에리카. 대학생 때 친구가 억지로 끌고 나간 미팅에서 만났다.

학년은 같지만 내가 대학에 늦게 입학해서 주변 친구들처럼 아키야마도 나보다 세 살 어렸고, 지금은 다른 병원에서 간호사로 일하고 있다. 의료 관계자라서 그런지 아키야마는 내 일을 잘 이해해 주고 이야기도 잘 들어준다. 나이는 어려도 야무지고 당당한 모습이 존경스럽다.

그런 여자가 어째서 나 같은 사람을 만나는지 잘 모르겠다. 그래도 이런 애매모호한 관계가 어느덧 2년이나 이어져 왔다.

"아, 역시 여기 있었네."

목소리가 들려 돌아보니 아키야마가 우리 집 쪽에서 손을 흔들며 걸어오고 있었다.

아마도 먼저 퇴근해서 와 있었나 보다. 함께 살지는 않지만 아키야마에게 여분의 집 열쇠를 주었다.

샤워를 했는지 화장기 없는 얼굴이다. 아키야마의 맨얼굴은 실제 나이보다 퍽 어려 보인다. 학생 같아 보인다고 하면 아키야마가 뽀로통해지기에 입 밖으로 내진 않는다.

벚꽃 피는 시기가 되면 내가 집에 잘 들어가지 않는 이유를 아키야마는 알고 있다. 몇 번인가 이렇게 퇴근길에 함께 벚꽃을 본 적이 있어서다.

비닐봉지에서 하나 더 사둔 맥주를 꺼내 건네자 아키야마는 "땡큐"라고 말하며 받아 들었다.

"방금 전에 우바라에 계신 할머니랑 오랜만에 통화했어."

"뭐라고 하셔?"

"그냥 잘 지내는지 물으시더라."

"걱정되시겠지. 가끔은 가서 얼굴 보여드려도 좋을 텐데."

나는 아무 대답 없이 남은 맥주를 들이켰다.

아키야마에게 우바라에 살던 시절 이야기를 한 적은 없다. 그녀에게만 안 한 것은 아니다. 그 무렵 나는 지금과 다르게 목적도 없이 매일 빈둥거리며 지내는 남자였다. 그런 창피한 나를 일부러 들출 필요는 없다.

그래도 아키야마가 캐묻지 않아준 덕에 꺼내고 싶지 않은 과거를 묻어둘 수 있었다. 요컨대 아키야마는 분위기 파악을 참 잘한다. 덕분에 나는 여러 번 곤란한 상황을 모면했다. 아키야마의 옆에 있으면 상대가 누구냐에 따라 불리하면 입을 닫아버리는 버릇을 들일 수도 있겠지만 그런 성격은 그녀의 장점이기도 했고, 우리 관계를 유지하는 데 아주 중요했다.

뭐든 눈치가 빠른 아키야마는 지금도 다시 입을 다문 나를 보고는 다른 이야기를 꺼냈다.

"어때? 소아과 쪽 일은?"

2년간의 인턴 생활을 마치고 이번 봄에 내가 선택한 진료과는 소아외과였다.

죽음에서 가장 멀리 있어야 할 아이들이 머무는 곳. 온종일 소독약 냄새가 가득한 병원에서 아이들은 링거를 끌고 다니고, 마스크를 하고, 창밖 세상을 동경하며 딱딱한 침대에 누워 있었다. 마치 예전의 나를 보는 듯했다.

"아직 아무것도 못 하고 있어."

맥주 캔 꼭지를 딴 아키야마가 "건배"라고 말하며 자기 캔을 내 캔에 부딪쳤다.

"이제 막 시작했으니까."

"그렇긴 하지."

꿀꺽꿀꺽 소리를 내며 시원하게 맥주를 마시던 아키야마의 손이 어느새 멈췄다. 다리 난간에 팔꿈치를 댄 채 분홍색 강을 바라보며 아키야마가 "나 있잖아"라고 운을 뗐다.

공기 중에 팽팽한 긴장감이 감돌았다. 가슴 언저리가 두근두근 고동쳤다.

드디어 때가 온 걸까, 그런 생각이 들었다. 나는 반사적으로 마음의 준비를 하고 기다렸다.

'나 있잖아, 슬슬 진지하게 결혼을 생각하고 싶어.'

이 관계를 유지하다 보면 언젠가 그런 식의 말을 꺼낼 날이 오리라 생각하고 있었다. 아키야마도 올해로 스물일곱이다. 언제까지 이런 미적지근한 남자에게 시간을 낭비할 상황이 아니겠지.

도대체 뭐라고 해야 할까. 뭐라고 말하면서 어물쩍 넘길까. 나는 무의식적으로 어떻게 거절할지만 생각하고 있었다.

"나 있잖아, 의학 공부 더 하러 유학 갈까 해."

"······뭐?"

내 예상과는 완전히 다른 내용이었다.

"예전부터 꿈이었고 늘 생각하고 있었는데, 역시 포기할 수가 없어서."

"그런 얘기 지금까지 못 들었는데."

생각지도 못한 방향에서 날아온 화살이었다.

"그건 아라타가 내 얘기는 전혀 듣고 싶어 하지 않았으니

59

까.”

그렇게 말한 아키야마는 섭섭한 듯 입꼬리에만 꾹 힘을 준 채 웃었다.

그 얼굴을 보면서 내 마음은 온통 죄책감으로 가득 찼다. 아키야마가 하는 얘기에 전혀 관심이 없었던 것은 아니다. 단지 이야기를 듣다 보면 머지않아 우리 관계에 대해 따질 날이 올 것 같아 솔직히 방어하고 있었다.

“얼마 전까지는 스태프도 몇 명 없어서 내가 빠지면 주변 사람들이 꽤 힘들지 않을까 싶었는데, 지금은 후배들도 성장했고 인력도 웬만큼 채워졌잖아. 지금이라면, 아니 지금이 아니면 안 될 것 같았어.”

이렇게까지 확실하게 아키야마의 뜻과 마주한 것은 처음이다. 그녀에게 유학은 인생을 건 큰 모험이겠지.

“그렇게 원한다면 가는 게 좋지 않을까?”

진지한 아키야마의 모습 그리고 아까부터 내 안에 남아 있는 죄책감에서 비롯된 대답이었다. 당연히 진심이기도 했다. 세상에 하고 싶은 일이 명확한 사람은 그리 많지 않다. 모처럼의 기회라면 꼭 가야 한다고 생각했다. 그것을 막을 권리는 애초에 나에게는 없으니까.

"한 번뿐인 인생인데 일부러 참을 이유는 없지 않을까?"

잠시 침묵하던 아키야마의 입에서 갑자기 풉, 하고 웃음소리가 새어 나왔다.

"뭐야."

"그게, 너무 예상대로라서."

아키야마는 어깨를 으쓱 추켜올리며 나를 쳐다봤다.

"아라타는 분명히 그렇게 말할 줄 알았어."

"어째서?"

"어째서일까."

긴 한숨을 내쉰 아키야마가 캔에 남은 맥주를 천천히, 모조리 들이켰다.

얇은 알루미늄 캔이 콱 찌그러지는 소리가 났다.

"아아!"

느닷없는 큰 소리에 근처를 지나던 회사원이 이상하게 쳐다봤다.

"……왠지 속이 후련해졌어. 그렇지, 한 번뿐인 인생이지!"

아키야마의 얼굴에 조금 전까지 자욱하던 안개가 확 걷히며 평소다운 맑고 당당한 얼굴로 돌아왔다.

"이제 갈래!"

"어? 자고 가지 그래?"

얼떨결에 붙잡으려는 내 말에 아키야마는 살짝 기쁜 표정을 지었다.

"괜찮아. 집까지 전철로 두 정거장인데 뭐."

우리 집으로 돌아가 착착 짐을 챙긴 아키야마는 "또 봐!" 하고는 내 얼굴을 제대로 보지도 않고 현관을 나섰다. 쾅! 하고 현관에서 묵직한 소리가 났지만 제대로 확인할 새도 없었다. 아키야마는 눈 깜짝할 새에 떠나버렸다.

도대체 뭐였지.

"유학이라……."

테이블에 놓인 찌그러진 맥주 캔을 바라보며 혼잣말을 중얼거렸다.

아, 그렇게 되면 당분간 못 만나겠네. 뭐 어쩔 수 없지. 꿈이라고 했으니까.

순간 퍼뜩 짚이는 데가 있어 현관 신문 투입구를 확인했다. 아키야마에게 주었던 열쇠가 굴러떨어졌다.

뭐야, 그런 의미였구나.

바닥에 떨어진 열쇠를 보고서야 아키야마의 말에 담긴 진짜 의미를 겨우 이해했다.

지금이라도 따라가면 붙잡을 수 있을지 몰라. 그렇게 생각하면서도 내 다리는 전혀 움직이려 들지 않았다.

마음이 또 다른 안개에 휩싸인 상태로 베란다 문을 열고 나갔다. 베란다에서도 메구로강의 벚꽃이 보였다.

내 다리를 붙잡는 원인이 뭘까, 굳이 생각하지 않아도 답은 명확했다.

그 애와 함께 이 거리에서 보낸 추억은 없다.

메구로강의 이 벚꽃을 보고 그 애의 모습을 떠올리며 그리워할 만한 기억도 없다. 게다가 진짜 이름도 주소도, 연락처조차 모른다.

기억에 남아 있는 그 애와의 추억은 10년 전쯤 지바의 시골 마을에서 보낸 한 달이 전부니까.

바람결에 날아왔는지 갈색으로 변한 벚꽃잎 한 장이 발에 달라붙었다.

'나, 잊지 말아줘.'

이 벚꽃잎처럼 그 애와 맨 처음 했던 약속이 지금도 뇌리에 달라붙어 있다.

10년 동안 잊은 적이 없다. 잊을 수가 없었다.

고작 한 달. 하지만 영원처럼 느껴졌던 그 한 달이 지금의 나를 움직이게 한다.

그 애가 없었다면 나는 여전히 그 시골 마을에서 목적도 없이 살고 있었을 것이다.

가만히 눈을 감는다.

'메구로강의 벚꽃, 아라타와 함께 보고 싶었는데.'

해변의 잔물결 소리와 함께 그 애의 목소리가 돌아온다.

이제는 마치 꿈결 같은 날들이지만, 눈을 감고 있는 동안만은 그 애의 목소리, 모습, 머릿결까지 선명하게 떠올릴 수 있다.

그리고 그 애가 일으킨 수많은 '기적'도.

지금도 내 마음을 꽉 붙잡고 절대 떨어지지 않는 그 애는 어느 날 갑자기 내 앞에서 사라졌다. 그리고 두 번 다시 돌아오지 않았다.

지금도 나는 계속해서 너와의 약속을 지키고 있건만.

이 지역으로 돌아온 것은 의사가 되려는 목적 말고 한 가지 이유가 더 있다.

─ 엘라를 찾기 위해.

기적의 시작

엘라가 우바라에 온 지 일주일이 지났다. 저녁이 되면 우리는 날마다 함께 바다로 향했다.

처음 이삼일은 엘라가 함께 가자고 말했지만 그다음부터는 저녁이 되면 당연한 일처럼 엘라가 카운터로 내려왔고, 나도 당연하게 엘라와 함께 바다로 나갔다.

그뿐만이 아니다. 엘라가 먹고 싶다던 탄탄면을 먹으러 패밀리 레스토랑에도 함께 갔다. 패밀리 레스토랑이라고 해도 흔한 체인점이 아니라 동네 사람이 운영하는 개인 가게다. 우바라에 음식점이라고는 이곳뿐이다. 예전부터 우바라에 놀러 오면 한 번은 꼭 이곳에서 할아버지, 할머니와 함께 식사를 했다.

바깥 진열장에 장식된 음식 샘플은 오랜 세월 햇빛을 받아 색이 바래서 맛있게 보이지 않았다. 하지만 얇게 부친 달걀을 두른 옛날식 케첩 오므라이스도, 튀김이 함께 나오는 회 정식도 맛이 꽤 괜찮았다.

그중에서도 양파를 많이 넣고 살짝 매콤하게 만든 가쓰우라 탄탄면은, 최고의 지역 별미를 가리는 전국 'B-1 그랑프리'에서 우승했을 정도로 유명하다. 여름에는 식당 앞에 길게 줄을 선 모습도 흔히 볼 수 있다. 엘라는 이 탄탄면이 입에 잘 맞는지 가끔 혼자서도 먹으러 다녔다.

그 밖에도, 요 일주일 사이에 몇 가지 신기한 일이 일어났다.

우바라역 앞에 사는 길고양이들 가운데 한 마리의 앞발에 상처가 난 것을 엘라와 함께 발견했다. 아무래도 싸우다 다친 듯했는데, 다음 날 보니 싹 나아 있었다. 또 패밀리 레스토랑 사장님의 고질적인 왼쪽 손목 저림 증상이 최근에 갑자기 좋아졌다. 작은 시골 마을에서는 그런 자질구레한 일조차 소문의 씨앗이 되어 귀에 들어온다. 내가 엘라와 함께 패밀리 레스토랑에 갔던 일도 마을 사람들 모두 알고 있을 것이다.

물론 손목 저림 증상이 나은 일을 이상하게 여기는 것은 지나친 억측일지 모른다. 그래도 나는 그 일이 엘라와 뭔가 연관이 있을 거라고 멋대로 추측했다.

"뭐 읽어?"

평소처럼 책을 읽으면서 카운터를 보고 있는데 계단 위에서 불쑥 엘라의 얼굴이 나타났다. 흠칫 놀라 어깨를 들썩하고 올려다보자 엘라가 히죽히죽 웃으면서 계단을 내려왔다.

"뭐, 뭐긴 뭐야, 일하는 중이잖아."

"뭔데, 뭔데, 의학부 수험 완전 가이드?"

황급히 책을 팔로 감싸 가렸다.

"호오, 아라타는 의대가 목표구나?"

"……뭐 꼭 그런 건 아니지만"

"그런 게 아니라면 그런 책을 뭐 하러 읽는데?"

엘라가 책을 가리키며 수상쩍다는 눈빛을 보냈다. 나는 엘라에게 속마음을 드러내고 싶지 않았다. 다시 의사를 꿈꿀 용기도 없으면서 미련만 품은 채 이런 책이나 보고 있다는 사실을.

"별 뜻은 없어. 그냥 이런 거 읽어두면, 만약에 할머니한테 또 무슨 일이 생기면 제대로 대처할 수도 있고⋯⋯."

엘라는 흠, 하고 마뜩잖은 콧소리를 냈다.

"근데, 무슨 일이야?"

나는 화제를 돌리면서 책을 카운터 아래로 슬며시 감췄다.

"그냥 심심해서 아라타랑 놀려고."

"이 마을에서는 그 따분함을 즐기지 않으면 못 살아."

우리가 카운터에서 이야기하고 있는데 "다녀왔다"라며 할아버지 목소리가 들려왔다. 고기잡이 일이 끝난 모양이다. 할아버지는 양손 가득 안은 아이스박스부터 현관에 내려놓고는 고개를 들어 우리 쪽을 바라봤다.

"안녕하세요."

엘라가 방긋 웃으며 할아버지와 인사를 나눴다. 여기 머문 지도 며칠째라 할아버지와 완전히 얼굴을 익힌 사이가 되어 있었다.

"거기 들어 있는 거 생선이에요?"

엘라는 호기심 가득한 눈으로 아이스박스를 가리켰다.

"응, 그렇단다. 한번 볼래?"

할아버지가 옆에 둔 아이스박스 뚜껑을 열었다. 엘라가

허리를 숙여 안을 들여다보더니 "우와!" 탄성을 질렀다. 돔과 소라 그리고 그것들을 밟고 기어오르려 발버둥 치는 대하가 있었다.

"고급 식자재뿐이네요!"

"그렇지? 이렇게 고급스럽고 신선한 해산물을 저렴하게 손님상에 낼 수 있는 곳은 우리 민박집뿐이란다."

할아버지는 의기양양하게 코를 찡긋하며 엘라에게 하나하나 정성껏 설명해 주었다. 마치 새로 손녀라도 생긴 듯 기뻐하면서 말이다. 왠지 가슴 언저리가 근질거렸다. 엘라도 마찬가지로 할아버지가 생긴 것처럼 기뻐했다. 우리 할아버지, 할머니와 이야기를 나눌 때면 진심으로 즐거워 보여 나도 모르게 질투가 날 정도였으니까.

"오늘은 특히 싱싱한 놈들이니까, 저녁까지 배를 싹 비워 놓는 게 좋을 거야. 맞다, 아라타. 엘라를 '리소쿄'까지 안내해 주지 그러냐."

"아."

나도 모르게 얼굴을 찡그렸다.

"뭐 어떠냐, 마침 날씨도 좋고 어차피 한가하잖니? 뒷일은 내가 할 테니 어서 다녀와."

할아버지는 나를 내쫓으려는 듯이 손을 마구 내저었다. 할머니, 할아버지 두 분 다 나를 너무 막 대한다. 내게 딱히 신경 쓰지 않기 때문에 마음 편하긴 하지만 말이다.

"리소쿄?"

옆에서 할아버지와 나를 지켜보던 엘라가 고개를 갸웃거렸다.

"응, 어쨌든 이 지역 관광 명소라고나 할까."

"그래? 꼭 가보고 싶어."

엘라가 이렇게 말하는데 거절할 수는 없는 노릇이다. 이유야 당연히 엘라는 민박집의 소중한 고객이니까.

'우바라 리소쿄'

태평양의 거친 파도에 침식된 리아스식 해안으로 이 마을에서 유일하게 자랑할 만한 관광 명소이기도 하다. 다이쇼 시대(1912~1926년) 초기에 이곳을 별장지로 개발하려는 계획이 있었고, 자연환경이 아름다워 이상적인 낙원을 뜻하는 리소쿄理想郷라는 이름을 붙였지만 간토대지진의 영향으로 계획이 무산되었다.

세 개의 곶을 왕복하는 한 시간짜리 하이킹 코스가 있는

데 그중에서도 나는 다오야메다이라에서 바라보는 경치를 좋아한다. 그곳까지 가려면 도중에 터널 몇 개를 지나 울퉁불퉁하고 가파른 비탈길을 걸어야 한다. 하지만 곳에 도착해서 바라보는 경치는 그런 고생을 싹 날려버린다. 숨 막힐 정도로 절경이다.

하이킹 코스 출발점까지 걸어가니 산벚나무 한 그루가 우두커니 서 있었다. 이미 벚꽃 만발이었다. 어느새 4월로 접어들었다.

"도쿄에 있는 벚꽃이랑은 조금 다르네."

나는 무심코 걸음을 멈추고 벚나무를 올려다봤다.

"벚나무를 보면, 고향이 생각나."

"왜?"

엘라가 고개를 갸우뚱했다.

"집 근처에 메구로강이 흐르는데 그곳이 유명한 벚꽃놀이 명소거든. 강을 따라서 벚나무가 끝없이 이어져 있어. 봄이 되면 항상 그곳에서 벚꽃을 봤어."

메구로를 떠올리자 복잡한 감정이 흘러넘치며 가슴이 꽉 조여왔다. 우바라에 온 뒤로 아버지한테서는 한 번도 연락이 오지 않았다.

"······그렇구나."

엘라는 어딘지 애틋한 시선으로 벚나무를 올려다봤다.

출발 지점 바로 옆에는 오래된 온천여관이 있다. 예전에 딱 한 번 할머니와 함께 묵은 적이 있는데, 실제 동굴을 파서 만든 동굴 목욕탕이 마치 비밀기지 같아서 어린 내 마음을 단단히 사로잡았다. 엘라도 데려가면 좋겠다고 생각하다가, 엘라는 우리 민박집의 소중한 고객이라는 사실이 퍼뜩 떠올랐다.

스무 살이나 되었지만 평소에 운동을 전혀 하지 않는 나에겐 꽤나 험난한 길이 이어졌다. 할아버지가 말을 꺼냈을 때 나도 모르게 인상을 찌푸린 것은 이럴 줄 알았기 때문이다. 가는 길에 몇 번이나 숨을 헐떡이며 뒤따라오는 엘라를 살폈다. 엘라 역시 힘든지 헉헉거리고 있었다.

"엘라도 이런 거 잘 못하지?"

"맞아, 체력에는 자신이 없거든."

엘라가 쓴웃음을 지었다.

이럴 때 남자는 폼 잡고 싶어지는 생물인가 보다. "괜찮아?" 하면서 은근슬쩍 엘라에게 손을 내밀었다. 엘라는 "고마워"라며 순순히 내 손을 잡았다.

손이 차가웠다. 좀 더 부드러울 줄 알았던 엘라의 손은 살집이 없어 얇고 앙상했다. 뼈에 얇은 피부를 붙인 것처럼 가냘파서 걱정스러울 정도였다.

문득 엘라의 손등에서 짧은 줄 세 개가 나란히 그어진 상처를 발견했다. 고양이가 할퀸 듯한 자국이었다.

"이 상처, 어떻게 된 거야?"

아무 생각 없이 물어봤는데 엘라는 깜짝 놀라며 반사적으로 손을 뺐다.

"아, 응……, 이거. 요전에 고양이한테 살짝 긁혔어."

상처를 숨기듯 손을 감춘 엘라는 히히, 웃으며 익살을 떨었다.

"그랬구나. 소독은 제대로 했어?"

"응, 했어. 괜찮으니까 신경 쓰지 마."

그렇게 말하더니 엘라는 갑자기 언덕길을 열심히 올라가기 시작했다. 이제 내 손은 필요 없어 보였다.

출발점에서 가장 가까운 정상에 겨우겨우 도착했다. 지금까지 쌓인 피로는 어디론가 싹 날아갔는지 엘라가 환호성을 질렀다.

정상에서 한눈에 내려다보이는 맑고 투명하기 그지없는

우바라의 바다. 리아스식 해안에 부딪치는 박력 넘치는 파도는 밑에서 보던 모습보다 훨씬 웅장했다. 다오야메다이라는 풍화 작용으로 생겨난, 파도가 넘실대는 듯한 지형이 대단히 아름다운 곳이다. '행복의 종'이라는 조형물이 설치되어 있어서 관광객이 사진 찍는 명소이기도 하다.

"굉장하다……."

탄식하듯 이렇게 내뱉은 엘라는 눈도 깜빡이지 않은 채 그 압도적인 경치를 물끄러미 바라보았다. 옛날에 요사노 아키코(1878~1942년, '정열의 가인'으로 칭송받은 일본 근대 시인)가 이곳을 찾아 시가를 76수나 읊은 사실은 그다지 알려지지 않았다. 나는 숨을 고르고 그중 한 수를 엘라에게 읊어주기로 했다.

"바위산 아래는 검디검고, 매끈한 표면은 고운 여인의 부드러운 살결 같네."

"뭐야, 그게?"

예상대로 엘라는 신기한 듯 물었다.

"옛날에 말이야, 요사노 아키코가 여기 왔었거든. 이 경치를 보면서 읊은 시야. 봐봐, 지형이 꼭 여인 몸의 곡선처럼 일렁이잖아? 그래서 여길 아름다운 여인의 땅이라는 뜻이 담긴 '다오야메다이라'라고 부르게 됐대."

사실 전부 할머니가 해준 이야기였다. 예전부터 여기 올 때마다 자장가처럼 지겹도록 읊어줘서 완전히 외워버렸다.

내 인생은 병으로 쓰러지고 나서 180도 달라졌지만, 여기서 보는 경치는 예전과 하나도 달라지지 않았다. 몸은 고단해도 이곳에 오니 마음이 놓였다. 영원토록 변치 않는 것이 있다는 사실에 인간은 얼마나 위로받을까.

"저기, 아라타."

"왜?"

"포기하면 안 돼."

그 말에 나는 엘라를 빤히 쳐다봤다.

"의사 되고 싶은 거지?"

어떻게 알았나 싶었지만, 아까 책 읽던 모습을 엘라가 본 게 생각났다.

"어째서 그만둔 거야?"

나는 잠시 주저하다 입을 열었다. 엘라에게는 되도록 솔직하고 싶었다.

"예전에 병이 나서 입원한 적이 있어. 완치 판정을 받고 이제 괜찮아진 줄 알았는데, 열일곱 살에 재발했지 뭐야. 그때 내 안에서 무언가가 무너졌어. 언제 또 어떻게 될지 모르니까 꿈을 좇을 용기가 안 나."

이런 사정을 누군가에게 이야기하기는 처음이었다. 포기한 꿈 이야기는 꿈을 좇는 이야기보다 훨씬 하기 힘들다.

"괜찮아."

"괜찮다고?"

"아라타는 확실하게 살아 있잖아. 살아 있으면 뭐든 할 수 있어. 꿈을 포기하지 않으면 반드시 이루어지는 날이 와."

"그건 그럴지도 모르지만."

이론은 그렇다 해도 사람 마음이 항상 이론대로 되는 것은 아니다. 생각은 그랬지만 말로 하면 변명처럼 느껴질 테니 입 밖에 내진 않았다.

"사람에겐 숙명이란 게 있어. 인간이 각자 다른 길을 가는 건 그 때문이야. 아라타, 너는 의사가 될 숙명이야. 미래에 너를 기다리는 환자가 많아. 그러니까 포기하면 안 돼."

엘라는 왠지 평소와 다르게 진지한 표정이었다.

"그런 걸 어떻게 알아?"

"왜냐면 아라타는 예전부터 쭉, 지금까지도 의사가 되고 싶다는 마음이 가슴속 어딘가에 있잖아? 그게 답이야. 아주 간단하지."

왠지 그 말이 마음에 확 와닿았다.

"제아무리 거짓말쟁이라도 마음에는 거짓말 못 해. 그 마음의 소리가 아라타에게 들리는데도 들리지 않는 척할 뿐이야. 누군가가 등 떠밀어 주길 기다리는 거야. 그러니까 내가 밀어줄게."

그러더니 엘라는 천천히 내 뒤쪽으로 걸어왔다.

무슨 의도인지 알아차린 나는 새파랗게 질렸다. 남들이 보면 분명 엘라가 나를 절벽에서 밀어 떨어뜨리려는 것처럼 보일 것이다. 여기는 곳이다.

예상대로 등을 툭 치는 충격이 전해졌고, 나는 바다에 빠지지 않으려고 발에 힘을 꾹 주어 간신히 버텼다.

"힘내! 아라타! 너의 결말은 해피엔딩이야!"

천진난만하게 웃는 살인 미수범이 누구보다 믿음직스럽게 응원해 주었다.

혼자서는 시간을 보내지 못하는 엘라가 오늘도 카운터로 와서 놀아달라며 졸랐다. 이미 익숙한 풍경이다.

"오늘은 예약 있어?"

마치 민박집 안주인 같다. 숙박부를 보면서 이 민박집의 경영을 걱정해 주는 것은 고맙지만, 할머니에게 들키면 혼나는 사람은 나다. 좀 자제해 주면 좋겠다.

"예약이 한 팀 있어."

숙박부를 빼앗으며 시계를 확인했다. 오후 3시. 이제 슬슬 도착할 시간이다.

"너무해, 좀 보면 어때" 하면서 이유 없는 야유를 퍼붓는 엘라에게 한창 개인정보에 대해 설교하고 있을 때, 현관 미닫이문이 드르륵 열렸다.

"어서 오세요!"

도착한 손님을 향해 먼저 인사한 것은 엘라였다. 나는 화들짝 놀라 엘라를 쳐다봤다.

"저기, 예약한 시바타인데요……."

서른 살 안팎으로 보이는 젊은 부부였다. 문안으로 몸을 반쯤 들이민 두 사람은 민박집 사장님치고는 꽤 젊은 우리에게 불안한 표정으로 말을 걸었다.

"기다리고 있었습니다, 안으로 들어오세요."

나는 엘라의 어깨를 붙잡아 뒤쪽으로 밀어내고는 혼신의 영업 미소를 지으며 손님을 맞이했다. 두 사람은 그제야 안심한 얼굴로 안으로 들어왔다. 접수를 마치고 부부를 객실까지 안내하고 돌아오니 조금 전까지 내가 앉아 있던 카운터 의자에 엘라가 떡하니 앉아 있었다.

"거기서 뭐 해, 이러면 안 된다니까."

"이제 올 손님도 없잖아?"

"그렇긴 하지만."

"그럼 이제 나가자!"

"어, 어디로?"

"그걸 정하는 건 네 역할이잖아"라는 말에 또 골머리가 아파졌다. 바다로, 패밀리 레스토랑으로, 리소쿄로. 이 정도면 꽤 열심히 안내해 준 셈이다. 그런데 엘라의 호기심은 아직도 채워지지 않은 모양이다. 어쩔 수 없이 그날은 근처에 있는 신사에 데려가기로 했다.

민가와 함께 늘어서 있는 신사였다. 튀어 보일 정도로 새

빨갛게 칠해진 도리이가 눈이 부셨다. 커다란 해태 석상 두 개가 나란히 있고, 그 뒤로 우두커니 선 신사 건물은 왠지 좀 주눅 들어 보였다.

400년이라는 세월 동안 비바람을 맞으며 빛이 바래서만은 아니다. 지금도 신사를 집어삼킬 듯한 기세로 다가오는 뒷산의 압도적인 존재감 때문이다. 그곳 자연림은 지바현 천연기념물로 지정되어 보호받고 있어서 나무들이 인간에게 개척당하지 않고 한없이 쑥쑥 자라고 있다.

"우와! 이렇게 멋진 신사가 있었네!"

엘라는 여전히 호들갑스러운 반응을 보이며 기뻐했다. 솔직히 말해 귀엽다. 이렇게 기뻐해 줄 것을 알기에 여기저기 데려가고 싶어진다. 어쩌면 나는 엘라의 뜻대로 조종당하고 있는지도 모른다.

"해변에 있는 그 하얀 도리이도 이 신사 거야."

"그러고 보니 그 도리이 앞에 세워진 비석에 이 신사 이름이 있었어. 그런 데 세워져 있으니 바닷속에 본당이라도 있나 싶더라."

예전에 나도 같은 생각을 했다. 굳이 말은 하지 않겠지만.

"여름이 되면 다이묘 행렬이 여기서 시작해서 바닷가 도리이를 통과해 다시 돌아오는 축제가 열려. 꽤 볼 만해.”

“우와, 보고 싶다.”

“보러 오면 되지. 그때는 내가 또⋯⋯.”

그런 말을 하다가 새삼 떠오르는 의문이 있었다. 엘라는 언제까지 이곳에 머물까. 어느새 나는 엘라가 이곳에 있는 걸 당연하게 느끼고 있었다. 갑자기 가슴이 술렁이기 시작했다.

물어보려 했지만 그러고 나면 그때부터 카운트다운이 시작될 것만 같아서 어쩐지 입이 떨어지지 않았다.

엘라가 모처럼 왔으니 참배하고 가고 싶다기에 우리는 나란히 신사의 계단을 올라가 도리이를 통과했다. 본당 앞에서 엘라가 합장했고, 나는 조금 뒤에서 그 모습을 지켜봤다.

엘라가 내 쪽을 돌아보며 “아라타는 안 해?”라고 물었다. 나는 대답 대신 전부터 품었던 의문을 던졌다.

“신이 정말 있을까?”

엘라는 이상하다는 듯이 고개를 갸우뚱하며 “왜?”라고 말했다.

“신사는 여기저기 있지만 수많은 사람의 소원을 일일이

들어주려면 아무리 해도 끝이 없잖아? '물리적으로'라고 하면 이상할지 모르지만 불가능한 일 아닌가."

정말이지 비굴한 생각이다. 애당초 신화에 물리라든가 논리를 끌어들이는 일은 어리석다는 걸 알지만, 왠지 엘라는 내가 자연스럽게 받아들일 수 있도록 대답해 줄 것만 같았다.

"신의 일은 말이지, 인간의 소원을 이뤄주는 게 아니야."

엘라가 본당을 등지고 서서 말했다.

"그래?"

"신이 정말로 하는 일은 듣는 거야. 소원에 다가가는 일. 그리고 때때로 기적을 일으키지."

잘 이해가 안 돼서 입을 다물고 있는 내게 엘라는 "신은 말이야, 신사뿐만 아니라 다양한 곳에 있어"라고 말했다.

"당연히 이 신사 안에도, 저 바다에도 있어. 그리고 믿는 사람 마음속에도. 모든 곳에 신이 있어서 항상 우리를 지켜줘."

솔직히 딱히 와닿지는 않았다.

"그리고……, 천사도 여러 곳에 있어."

"천사?"

"응. 천사는 신의 목소리를 듣고 신의 손과 발이 돼서 기적을 일으켜."

"그럼 실제로는 신이 아니라 천사가 기적을 만드는 거야?"

"뭐, 어떤 의미에서는 그렇다고 할 수 있지."

"엘라는 그런 걸 어떻게 알아?"

엘라는 정작 중요한 대답은 하는 법이 없었다. 지금도 역시 내 물음에 입을 다물었지만, 나는 엘라가 한 천사 얘기가 무엇보다 진실되게 들렸다.

엘라와 만나고 난 뒤 내 주변에서 일어난 수많은 기묘한 일. 만약 그 모든 것이 엘라가 한 일이며 엘라가 일으킨 기적이라면……. 나는 정말로 천사와 만난 것인지도 모른다.

"그럼 이제부터 신께 빌 일이 있으면 대신 천사에게 빌게."

시답잖은 내 말에 엘라는 왠지 무척 기뻐하며 웃었다.

"아라타는 말이지, 가끔 꼬여 있을 때도 있지만 마음을 따뜻하게 해준다니까."

꼬여 있는 것은 사실일지도 모르지만, 그 뒷부분이 잘 이해가 안 가서 무슨 뜻이냐고 물었다.

"뭐랄까, 나를 믿어주는 느낌이랄까. 아라타는 사람을 믿을 수 있는 사람이니까, 분명 사람 마음도 따뜻하게 감싸줄 수 있을 거야. 음, 속이기 쉽다고 말할 수도 있겠지만."

"……그거 칭찬이야?"

"어, 엄청나게 칭찬하는 거야! 내가 그렇게 생각하는 사람은 아라타랑 우리 가족밖에 없어."

별로 수긍이 가지는 않지만, 엘라가 칭찬한다면야 설령 내가 잘 믿고 잘 속는 사람이라고 해도 괜찮다.

"그러면 괜찮지만. 그러고 보니 엘라 가족들이 궁금해지는데?"

"음 그게, 엄마는 요전에 말한 대로 돌아가셨고, 아빠는 케이크 가게를 하셔. 그래서 내가 쇼트케이크를 좋아하는 거야."

의외였다. 엘라 아버지라면 엘라와 마찬가지로 신기한 힘과 숙명을 갖고 있지 않을까 생각했는데.

"어쨌든 그래서 말인데, 나 정말 기뻤어. 그런 느낌이 드는 아라타랑 만난 거. '어쩌면 운명일지도?'라고 생각할 정도로."

엘라가 찡긋 웃자 심장이 마구 날뛰었다. 동시에 내 마음에 확신이 섰다.

― 엘라를 좋아해.

엘라를 만난 지 고작 며칠밖에 안 됐지만, 나에게 시간은 그다지 중요하지 않았다.

처음 만났을 때부터 엘라에게 무언가 특별함을 느꼈다. 설령 엘라에게 신기한 힘이 없다 해도 이 마음은 변치 않을 것이다.

이유는 모르겠다. 단지 엘라와 만난 순간, 오늘까지 내가 살아온 의미가 훅 이해되었다.

아마도 나는 엘라를 기다리고 있었으리라.

사람들은 이것을 '사랑'이라고 부를지도 모르지만 그런 말로는 도저히 다 담을 수 없는, 그야말로 운명이나 필연 같은 크나큰 힘에 이끌린 것 같았다.

"……나도 그래."

막상 입을 여니 목소리가 살짝 떨렸다.

"정말?"

"응. 처음 만났을 때부터 그렇게 생각했어."

갑자기 엘라가 입을 다물었다. 입술을 꽉 깨문 엘라는 몇 번이나 입을 떼려 했지만 입 밖으로 나온 말은 없었다. 결국 엘라는 아무 말도 하지 않았다.

조금 성급했던 걸까. 불안한 마음에 뭔가 재치 있는 말이라도 한마디 해서 분위기를 바꿔보려 할 때였다.

누군가 도리이를 지나 신사로 들어왔다.

나는 "아" 소리를 냈다. 그 사람도 조금 있다가 "아까"라며 인사를 했다. 조금 전 민박집에 온 손님인 시바타 부인이었다.

"미안해요, 방해했네요."

우리를 커플이라고 생각한 걸까. 나는 뭐라고 해야 할지 몰라 어색한 웃음을 띠며 어물쩍 넘겼다.

"아니에요. 신경 쓰지 마세요."

나 대신 엘라가 방긋 웃으며 대답했다.

이런 시골 마을 신사를 아는 사람은 이 동네 주민뿐일 줄 알았는데, 그렇지도 않은가 보다.

"참배하러 오셨어요?"

엘라가 물어보자 부인은 약간 당황한 기색으로 "네" 하고 고개를 끄덕였다. 아무래도 이곳을 찾아온 이유가 있는 듯했다.

부인이 참배할 수 있도록 가장자리로 비켜서자 부인은 조심스레 고개를 숙이며 본당을 향해 합장했다.

그 모습을 멍하니 바라보는데, 내 귓가에 대고 엘라가 속

삭였다.

"저 부인, 임신했어."

그 말에 나도 모르게 엇, 하고 소리를 냈다. 자연스럽게 부인의 복부로 시선이 갔지만 아무런 티도 나지 않았다. 어쩌면 여성에게는 임신을 알아차리는 안테나가 있는지도 모른다.

"순산 기원일까?"

"어라, 근데 여기는 분명 건강을 기원하는 신사인데."

전에 할머니에게 그렇게 들었다. 부인은 그 사실을 모르고 왔을 수도 있다. 나도 참배할 때 그 신사가 무엇을 기원하는 곳인지 일일이 확인하진 않으니까.

조금 뒤에 부인이 눈을 뜨자 엘라가 바로 말을 걸었다.

"임신, 하셨나 봐요?"

정면에서 봐도 부인의 배는 아직 티가 나지 않았다. 부인도 살짝 놀란 표정이었지만 조용히 고개를 끄덕였다.

"축하드려요, 그런데 이 신사는 건강을 기원하는 곳인가 봐요"라고 엘라는 쓸데없는 말까지 덧붙였다. 그건 중요하지 않아 보였지만, 부인은 뜻밖의 대답을 했다.

"알아요. 그래서 왔어요."

엘라와 나는 동시에 고개를 갸웃했다. 의아한 생각이 드는 순간, "몸이 어디 안 좋으세요?"라고 엘라가 물었다. 부인은 잠시 망설이는 눈치였지만 아주 작은 목소리로 대답했다.

"자궁암이에요."

그 말을 듣자 부인과 어머니의 모습이 겹쳐 보였다. 그게 무슨 일인지는 물어보지 않아도 안다. 부인은 지금 어머니와 같은 선택의 기로에 서 있을 것이다. 자신의 생명을 구할지, 아니면 배 속의 아기를 구할지. 어머니도 이 부인처럼 고민에 빠진 시기가 있었을까.

"이런 데 있었구나!"

그 목소리에 셋이 동시에 도리이 쪽을 돌아보았다. 부인과 함께 민박집에 왔던 시바타 씨가 숨을 몰아쉬며 힘차게 경내로 들어섰다. 민박집에서 쉬다 나왔는지 반바지에 후드티를 입은 편안한 차림이었다. 바닷가 마을에 잘 어울리는 패션이다.

"민박집에서 기다리라고 해놓고 한참을 안 오니 걱정했잖아, 어딘가에서 쓰러지지 않았나 해서."

부인은 미안하다며 고개를 숙였다. 남편이 우리를 알아

차리고 살짝 인사를 했다.

"또 이런 곳에서 혼자 빌고……. 이제 포기하자고 얘기했잖아? 나는 당신만 건강하게 옆에 있어주면 그걸로 충분해. 더는 아무것도 바라지 않아."

부인은 금방이라도 울 듯한 얼굴로 남편 어깨에 기대어 그만 돌아가려 했다.

"아, 잠깐만 기다려 주세요!"

엘라가 갑자기 부부의 등에 대고 소리쳤다. 목소리가 하도 커서 두 사람은 깜짝 놀라 걸음을 멈추고 뒤를 돌아봤다.

"사진, 찍어도 될까요?"

엘라는 방긋 웃으며 목에 건 카메라를 잡았다. 믿기 힘들 만큼 심하게 분위기 파악을 못 하는 엘라 탓에 순간 분위기가 싸늘하게 얼어붙었다.

엘라가 그렇게 말할 것 같다는 생각이 어렴풋이 들긴 했는데 역시나였다. 돌이켜보면 미즈호가 넘어졌을 때도, 할머니가 쓰러졌을 때도 엘라는 카메라로 사진을 찍었다. 카메라에도 뭔가 비밀이 숨어 있는 것이 분명하다.

하지만 아무리 그래도 갑자기 그런 부탁을 하면 수상하게 여기지 않을까, 나는 두근거리는 마음으로 그 상황을 지켜봤다.

"저는 제가 만난 사람들의 사진을 찍거든요."

당혹스러워하는 부부에게 엘라는 "한 장이면 돼요, 악용하지 않을게요"라며 끈덕지게 매달렸다. 시바타 부부가 강요당한다고 느끼지는 않을지 걱정스러웠다.

"실은 제 카메라로 사진을 찍으면 행운이 온다고 소문났어요."

그런 혹하는 말로 물고 늘어지는 엘라에게 두 손 들었는지 두 사람은 결국 사진을 찍으라고 허락했다. 카메라를 바라보는 두 사람의 얼굴은 몹시 곤란한 표정이었지만.

— 찰칵.

엘라는 망설이지 않고 바로 셔터를 눌렀다.

✦

시바타 부부가 민박집으로 돌아가자 나는 돌계단에 걸터앉아 줄곧 카메라를 만지작거리는 엘라를 가만히 지켜보았다.

지금까지 일어난 그 모든 신기한 현상이 어찌 된 연유인지, 방금 확실히 알게 됐다. 엘라가 시바타 부부를 사진에 담을 때 나는 병에 걸린 부인이 아니라 남편의 다리를 보고 있었기 때문이다. 그의 정강이에는 어딘가에 부딪쳐 생긴 듯한 파란 멍이 있었다. 물론 큰 상처는 아니었다. 하지만 엘라가 셔터를 누른 순간 그 상처가 사라지는 모습을 이번에야말로 놓치지 않고 똑똑히 봤다.

역시 엘라는 엄청난 힘을 갖고 있다. 눈앞에서 직접 본 지금도 믿을 수 없지만, 결코 꿈이 아니다.

"······그러니까, 너는 천사야?"

내 말에 엘라가 놀란 표정으로 휙 고개를 돌렸다.

유령이라든지 이 세상에 존재하지 않는 무언가를 난생처음 본 듯한 표정이었다. 미안하지만 그건 내가 지을 표정인데. 그렇게 받아치고 싶었지만 꾹 참고 나는 최대한 태연한 척했다. 무섭다거나 섬뜩하다거나 그런 느낌은 딱히 없었다. 단지 순수하게 엘라의 직업을 물어보는 뉘앙스로 말을 건넸다.

침묵으로 일관하거나, 아니면 어물쩍 넘길지도 모른다. 그런데 잠시 입을 다물고 있던 엘라가 갑자기 웃음을 터뜨렸다.

"결국……, 들킨 건가?"

그러더니 장난치듯 혓바닥을 쏙 내밀었다.

엘라가 그런 말을 해도 이젠 놀랍지도 않다. 오히려 안심했다고 하는 편이 맞다. 만약 엘라가 천사가 아니라면 정말로 내 머리가 이상하다는 뜻이 되어버리니까.

휴, 한숨을 내쉬었다. 안도의 한숨이다.

"놀라지 않네, 재미없어."

내 반응이 별로였는지 엘라는 볼을 빵빵하게 만들어 불만을 표시했다.

"진짜 숨기려고 한 거라면, 엘라는 비밀을 감추는 게 어설프니까 앞으로 좀 조심해야겠다."

"뭐야, 너무해. ……그치만 결국 들켰구나. 뭐 상관없어! 사실은, 맞아, 나는 천사야. 아, 참고로 엄마는 천사지만 아빠는 인간이야. 정확하게는 반만 천사인 혼혈 천사라고나 할까!"

혼혈 천사라는 건 조금 의외였지만, 단순히 내 망상인 줄 알았던 일에 별안간 현실감이 생기자 순수한 호기심이 고개를 쳐들었다.

"흠, 그렇구나. 그럼, 아까 케이크 가게를 하시는 아버지

이야기는 진짜야?"

"진짜야, 근데 혼혈 천사는 거의 없어. 나도 아직 못 만나 봤네. 천사는 천사와 아이를 낳는 게 규칙이거든."

"그 천사는 모두 엘라처럼 사람들을 치료하면서 다녀?"

"응. 대천사 라파엘 알아?"

그 순간 '라파엘라'라는 별명이 머릿속을 스쳤다.

"음, 대충."

"대천사 라파엘은 치유의 힘을 가진 천사거든. 라파엘의 피를 이어받은 세상 모든 천사가 나 같은 힘을 갖고 있어."

"천사가 그렇게나 많이 있구나. 그럼 이제부터 카메라를 갖고 다니는 사람은 천사일지도 모른다고 의심해 봐야겠다."

농담으로 한 말인데 엘라는 쓴웃음을 지으며 고개를 가로저었다.

"카메라를 갖고 다니는 천사는 아마 나밖에 없을걸."

"어째서?"

"보통 천사는 그냥 몸을 건드리기만 해도 병을 낫게 하는 힘이 있어. 근데 난 혼혈 천사잖아. 엄마가 남긴 이 카메라가 없으면 안 되는 거지."

그렇구나. 그러니까 엘라는 순수 천사는 아니라는 말이구나. 〈마녀 배달부 키키〉에 나오는 키키 같은 존재일지도 모른다. 간단히 말하면 수련 중인 천사랄까.

"그런데 천사도 죽는구나. 천사는 죽지 않는다는 이미지가 있었거든."

요점을 벗어난 질문이었을지 모른다. 엘라는 이번에는 어처구니없다는 듯 피식 웃었다.

"그야 죽지. 육체는 쇠약해지니까. 하지만 영혼은 죽지 않아. 그건 천사뿐만이 아니라 인간도 마찬가지야. 다른 점이라면, 우리는 신에게 봉사하고 생명을 살리는 일이 숙명이라는 거지. 그것만을 위해서 이 땅에 태어나는 거니까."

"그것만을 위해서?"

그 물음에는 대답이 돌아오지 않았다. 대신 엘라는 "내 정체를 들킨 기념으로 아라타에게 좋은 거 보여줄게"라고 말했다.

엘라가 하자는 대로 민박집으로 돌아와 엘라의 방으로 갔다. 엘라는 방 한구석에 놓여 있는 짐 속에서 앨범 한 권을 꺼내 보여주었다.

영문도 모른 채 일단 앨범을 넘겼다. 인물 사진이 많았다.

나이도 성별도 다양했지만 한 가지 공통점이 있었다.

다들 하나같이 웃는 얼굴이었다. 어떤 얼굴도 행복하게 웃고 있다.

"이거 전부 엘라가 찍은 거야?"

엘라가 고개를 끄덕였다.

"멋지지."

"응, 근데 다들 누구야?"

사진 속에는 서너 살밖에 안 되어 보이는 어린아이도 있었다.

"내가 낫게 한 사람들이야."

엘라가 살짝 자랑하듯 말했다.

"와, 이렇게나 많아?"

넘겨본 사진만 해도 족히 100명은 되었다.

"그게 내 숙명이니까."

모두 웃고 있어서인지 사진 속 사람들은 조금도 아파 보이지 않았다.

"여기에 찍힌 사람들 모두 뭔가 병에 걸린 거라고?"

"정확하게 말하면, 걸렸었지. 지금은 다들 건강해졌을 테니까."

다시 한번 앨범을 살펴봤다. 맨 끝에 할머니와 미즈호의 사진이 있는데 뭔가 어색한 느낌이 들었다.

"어, 이 사진은 언제 찍었어?"

"언제라니, 네 앞에서 찍었잖아."

엘라는 분명히 바닥에 쓰러진 할머니와 넘어져서 울고 있는 미즈호의 사진을 찍었다. 하지만 이 앨범에는 주방에 서서 웃는 얼굴로 카메라를 바라보는 할머니와 역시 환하게 웃으며 카메라를 쳐다보는 미즈호의 사진이 있었다. 어느 쪽도 내가 보지 못한 표정이었다.

"아니 그게……, 그때랑은 다른 사진으로 보이는데."

그렇게 말하자 엘라는 후훗, 소리 내 웃으며 카메라를 사랑스레 쓰다듬었다.

"이 카메라로 찍으면 병이나 상처가 나은 모습이 사진으로 남거든."

믿기 어려운 이야기지만 이제 놀라진 않는다. 엘라가 천사라면 그런 일도 있을 수 있다.

"이 앨범을 항상 갖고 다녀?"

그 질문에 엘라가 꿀꺽 숨을 삼켰다. 내가 뭔가 이상한 걸 물어봤을까. 엘라가 나직이 말했다.

"시간이 지나면 잊어버리니까."

그렇게 말하는 엘라의 옆얼굴에 어딘가 안타까움이 서려 있었다.

"그러니까 이렇게 사진에 담아두면 상대는 날 잊어도 내가 잊을 일은 없잖아."

그들에게 잊히는 일이 당연하다는 듯 담담한 말투였다.

"아니야. 그런 기적을 일으킨 엘라를 어떻게 잊어. 다들 분명 감사하고 있을걸."

그러자 엘라의 얼굴에 알 수 없는 미소가 감돌았다.

"아라타는 잊지 않는다고 해줬지."

"아까 두 사람한테 왜 말을 안 했어? 엘라가 낫게 해줬다고."

"갑자기 천사입니다, 그러라고?"

말도 안 된다는 듯 엘라가 웃었다. 그렇긴 하네.

"고마워, 아라타. 하지만 괜찮아. 그 신사 덕분이라고 생각한다면 그걸로 됐어. 그러면 그 부인은 분명 이 마을을 좋아하게 되겠지. 난 그게 좋아."

자기 마을 일처럼 자랑스럽다는 듯이 엘라가 눈웃음을 지었다.

기적은 이렇게 내가 모르는 사이에 차례차례 일어나고 있는지도 모른다.

엘라가 일으키는 기적을 두 눈으로 똑똑히 보고 나니 처음으로 그런 생각이 들었다.

천사의 비밀

병원에서는 매일같이 생사가 오간다.

소아 병동에 오기 전에 인턴으로 일하던 외과에서도 전날까지 이야기를 나누던 환자의 상태가 갑자기 나빠져 사망하는 일이 종종 있었다. 그런 죽음을 마주할 때마다 마음에 구멍이 뻥 뚫렸고, 때로는 참지 못해 눈물을 흘리기도 했다.

하지만 어떤 상황에도 익숙해지기 마련이다. 몇 달이 지나자 쌓여 있는 일들과 끝도 없이 밀려오는 다음 환자 치료에 정신을 빼앗겨 죽음 앞에서도 머리를 식힐 수 있게 되었다. 그러는 사이 눈물을 흘리는 일도 줄어들었다.

그렇다고는 해도 소아과 분위기는 짐작했던 것보다 훨씬 팽팽한 긴장감이 감돌았고 어른들은 늘 어딘가 날이 서 있었다. 예전에 내가 환자로 입원해 있던 시절에 본 풍경이나 품었던 인상과는 사뭇 달랐다.

당연히 아이들 앞에서 심각한 표정을 내비치진 않았다. 그래도 고작 다섯 살 아이가 진행성 암과 싸우는 모습, 아홉 살 아이가 관에 연결되어 온종일 침대에서 한 발짝도 나오지 못하는 모습을 보노라면 처참한 기분에 속절없이 사로잡혔다.

아무리 풋내기라고 해도, 말단 의사인 내가 이런 말을 해서는 안 될지 모른다. 하지만 나보다 훨씬 오래 산 사람들의 죽음과 이곳에서 너무나 짧은 생을 마감한 아이들의 죽음은 무언가 결정적으로 다르게 보였다.

아이의 죽음을 받아들이지 못하고 슬퍼하는 부모의 등 뒤에서 나 자신의 무력함이 뼈저리게 느껴졌다. 내가 아무것도 할 수 없다는 사실에 참담할 뿐이었다.

나를 지도하는 선배 의사와 함께 담당한 여덟 살 여자아이가 있었다. 소아암을 앓던 그 아이가 새벽녘에 숨을 거두었다. 1년이 넘는 긴 입원 생활 끝에 아이는 마치 잠들듯이 짧은 생을 마쳤다.

나는 이 병동에 오면서 중간에 투입된 경우라 '미우'라는 그 아이를 담당한 지는 반년도 안 됐지만, 미우는 나를 참 잘 따랐다.

병실을 방문하면 미우는 언제나 꽃이 핀 듯 활짝 웃는 얼굴로 맞아주었고, 나가려고 하면 보란 듯이 토라졌다.

창백한 피부에 크고 또렷한 검은 눈망울. 언제나 분홍색 뜨개 모자를 쓰고 있었는데 연보라색 꽃 한 송이가 포인트로 달려 있었다. 언젠가 미우는 행복한 얼굴로 '엄마가 만들어 준 모자'라고 말해주었다.

미우가 늘 병실에서 기다려 준다는 사실은 내게도 위안이 되었다. 고통스럽게 구토를 반복하는 아이들, 입원 생활을 하면서 웃음을 잃어버린 아이들이 많았지만 미우는 언제나 긍정적이고 늘 웃는 얼굴이었다.

그런 미우를 보노라면 반드시 낫게 해주겠다는 근거 없는 자신감이 생겼고, 그 자신감에 근거를 만들기 위해 공부에도 기합이 들어갔다.

언젠가 회진 때 미우가 물었다.

"선생님! 선생님은 신을 믿어요?"

그때 불현듯 엘라가 떠올랐다.

"나는요, 신이 있다고 믿어요! 틀림없이 있을 거예요!"

미우는 늘 그렇듯 웃는 얼굴로 말했다.

"하지만 신은 아주 바쁘니까 나까지는 못 챙겨주겠죠. 세상 사람들이 날마다 신에게 소원을 빌 거 아니에요. 그래서 친구가 퇴원하면 '저 애는 신에게 목소리가 닿았구나' 그렇게 생각해요. 굉장히 운이 좋은 친구라고요."

내가 뭐라고 대답해야 할까. 미우의 작은 몸에 숨어 있는 그림자의 정체를 알면서, 도대체 어떤 말을 해주면 좋을까.

엘라였다면. 엘라라면 과연 미우에게 무슨 말을 했을까.

"……천사에게 빌어봐."

벌써 몇 년이나 가지 않은 우바라의 바다를 떠올리며 나는 그렇게 말했다.

"네?"

미우가 눈을 동그랗게 뜨고 나를 빤히 쳐다봤다. 나는 허리를 숙여 미우와 시선을 맞추고 말을 이었다.

"신뿐만이 아니야. 천사도 항상 너를 지켜주고 있거든."

다오야메다이라처럼 매끄럽게 굴곡진 엘라의 옆얼굴이

어제 일처럼 머릿속에 생생하게 되살아났다.

"천사가요?"

그러면서 미우는 말똥말똥 나를 쳐다봤다.

"그래. 사실은 천사도 병을 고치는 힘이 있거든. 그러니까 분명히 낫게 해줄 거야. 조금만 더 힘내자."

그렇게 말하자 미우는 활짝 웃으며 고개를 크게 끄덕였다.

"이거, 미우가 선생님께……."

미우가 떠난 날, 슬픔에 잠긴 미우 어머니가 조그만 편지 한 통을 나에게 건넸다. 손수건으로 입가를 누르면서 힘겹게 말을 이어가는 미우 어머니의 눈은 퉁퉁 붓고 빨갛게 충혈되어 있었다. 그렇게 울고도 그 눈에서 또 눈물이 주룩주룩 흘렀다.

"미우가 선생님을 정말 좋아했어요."

편지는 종이를 접어 만든 봉투에 들어 있었고, 겉에는 '천사님에게'라고 적혀 있었다. 수신인을 본 나는 무심코 "저한테 주라던가요?" 하고 물었다.

"네, 그걸 사이토 선생님께 전해달라고."

당장이라도 열어보고 싶었지만 지금 보면 무언가가 무

너질 것만 같았다. 나는 "감사합니다"라는 말만 남기고 조용히 가운 주머니에 편지를 넣었다.

　TV 옆에 놓인 야자수잎 모양의 간접조명등을 켜고 언제나처럼 냉장고를 열어 맥주 캔을 하나 꺼내 왔다. 희미한 불빛 속에서 소파와 테이블 틈새에 털썩 앉았다.

　유학 이야기를 한 그날부터 아키야마는 이 집에 오지 않는다. 벌써 몇 달이 지났다. 매일같이 오던 연락도 뚝 끊겼다. 애매했던 우리 관계에 그녀가 마침표를 찍은 듯했다.

　샤워를 하고 나와 목에 수건만 둘렀다. 잠옷은 필요 없고 속옷 한 장이면 된다. 차가운 맥주가 가장 맛있게 느껴지는 계절이다.

　지금쯤 우바라에서는 다이묘 행렬 축제가 열리고 있겠지. 지역 주민과 시외에서 모여든 젊은 남자들이 흰색 핫피(축제 참가자나 직공들이 주로 입는 일본 전통의상)를 입은 채 신을 모신 가마를 메고 바닷가를 행진한다. 옛날에는 장남만 가마를 멜 수 있었지만, 지금은 사람이 많이 줄어 타지 사람은 물론 여성도 종종 참여한다.

　어린 시절, 가마를 메고 그 바다의 도리이 앞을 지나가는 젊은 남자들을 지켜보곤 했다. 검게 그을린 피부와 울퉁불퉁한 근육, 햇빛에 반짝이는 땀, 핫피를 벗어 던지고 배에 무명천을 감은 차림으로 가마를 멘 채 바다에 들어가는 그들을 지켜보며 굉장히 동경했던 기억이 있다.

집게손가락을 고리에 걸어 캔을 따자 촤악, 탄산 빠지는 소리가 났다. 방에서 웅웅거리는 에어컨 소리가 왠지 공허하게 들렸다.

맥주를 한 모금 마시고, 벗어서 팽개쳐 놨던 청바지를 끌어당겨 주머니 속에서 아까 받은 미우의 편지를 꺼냈다.

어떻게 해야 할까, 편지를 손에 든 채 잠시 망설이다가 맥주를 테이블에 내려놓았다. 눈 딱 감고 편지를 열었다.

천사님께.

천사님은 어디 계세요? 제가 보이세요?

사이토 선생님이 그러는데, 천사님도 저를 지켜보고 계신대요.

그래서 저는 천사님께 소원을 빌기로 했어요.

저의 천사님은 어디에 계신가요?

만약 제 목소리가 들린다면 부탁드릴게요.

제가 죽어도 엄마랑 아빠가 울지 않게 해주세요.

만약 제가 없어져도,

사이토 선생님이 계속 웃을 수 있게 해주세요.

저는 엄마랑 아빠랑 사이토 선생님이 정말 좋아요.

미우 올림

삐뚤빼뚤하지만 한 글자 한 글자에 절실한 마음이 담긴 미우의 편지에는 자신을 가엾게 여기는 말은 단 한 마디도 없었다.

반복되는 항암 치료도 채혈도 입원 생활도 너무나 힘겨웠을 텐데. '아름다운 날개'라는 뜻의 이름을 가진 미우는 자유로운 날갯짓도 하지 못한 채 결국 하늘나라로 떠났다.

내가 미우를 위로하고 격려해 줬어야 했는데. 이러면 누가 의사고 누가 환자인지 모르겠다. 이렇게 미덥지 못한 내가 앞으로 뭘 할 수 있을까. 정말로 누군가를 돕고 희망을 줄 수 있을까. 어둠에 휩싸인 내 앞길에는 마음속에 그리던 미래 따위 없을 것 같았다.

애초에 산다는 것은 무엇일까. 어떻게 살아가야 정답일

까. 의사라는 직업이 내게 너무 버거운 일은 아닐까.

엘라라면…….

엘라라면 미우도…….

환자의 죽음을 마주할 때마다 엘라를 생각했다. 그리고 엘라처럼 생명을 구할 수 없다는 무력감에 의욕을 잃었다.

미우가 없는 저 병동에서 다시 웃는 얼굴로 아이들과 마주할 수 있을까? 이젠 모르겠다.

캄캄한 침실로 가서 불을 켜고 침대에 걸터앉았다. 옆에 있는 작은 4단 서랍장 맨 아래 칸을 천천히 열어 앨범 한 권을 꺼냈다.

엘라가 남기고 간 앨범이었다. 잊어버리고 갔는지 아니면 어떤 의도가 있어 남기고 갔는지는 모른다. 단지 엘라가 사라지고 나서 마치 엘라의 빈껍데기처럼 이 앨범만 내 손에 남았다.

앨범을 한 장 한 장 넘겨보았다. 사람들의 웃는 얼굴이 차고 넘쳤다.

넘겨도 넘겨도 역시 웃는 얼굴뿐이었다. 엘라가 사라진 뒤에 이 앨범에 담긴, 만난 적도 없는 그들의 웃는 얼굴을 보며 몇 번이나 위로받았는지 모른다.

문득 맨 앞에 꽂혀 있는 사진 한 장에 시선이 멈췄다. 잘 보니 그 뒤에 무언가 다른 사진이 겹쳐 있었다. 왜 이것만 겹쳐 있을까.

앞에 있는 사진을 꺼내자 뒤쪽에서 한 남자가 찍힌 사진이 나타났다. 당연히 내가 모르는 사람이었다. 나이는 예순쯤. 계산대 앞에 선 그 역시 상냥하게 웃고 있었다.

하지만 그가 도대체 누구인지, 이제 물어볼 수도 없다. 더이상 엘라를 만날 수 없다. 이렇게 된 이상, 엘라를 아예 잊는다면 차라리 마음이 편할 텐데.

사진을 유심히 들여다봤다. 사진 속 남자는 자신을 찍은 엘라를 지금도 기억하고 있을까?

✦

내가 이상한 점을 처음 눈치챈 것은 신사에서 만났던 시바타 부부가 다음 날 민박집을 떠날 때였다.

남편이 계산을 마치고 할머니와 나에게 감사 인사를 했다.

"고맙습니다. 생선회도 정말 맛있었어요. 좋은 추억으로 남을 거예요."

"아닙니다. 변변찮았을 텐데요."

할머니의 격식 차린 인사말은 신경 쓰지 않고 나는 뒤에 서 있는 부인에게 말을 걸었다.

"몸은 좀 어떠세요?"

부부는 아직 엘라가 병을 낫게 한 일을 모를 것이다. 다음 병원 검진 때가 되어야 알아차리겠지.

"그게, 여기서 하룻밤 묵고 나서 왠지 좋아진 느낌이에요."

부인이 어깨를 으쓱했다. 역시 어제보다 안색이 좋아 보였다. 엘라의 기적이 부인을 도운 것이 틀림없다.

때마침 외출했다 돌아오는 엘라와 현관에서 마주쳤다.

"아, 엘라."

할머니 앞이라는 걸 깜빡하고 나도 모르게 편하게 이름을 불러버렸다. 예상대로 할머니에게 머리를 탁 얻어맞았고, 엘라는 자기가 그렇게 불러달라고 했다면서 변명해 주었다.

"시바타 부부, 이제 돌아가신대."

여전히 나를 예의주시하는 할머니의 강한 시선을 등으로 느끼면서 엘라에게 말했다. 잠깐이긴 하지만 어제 사적인 이야기를 나눈 사이니까 엘라도 함께 배웅하고 싶을지 모른다.

"안녕히 주무셨어요."

엘라가 시바타 부부에게 인사를 건넸다. 그런데 부부의 반응이 조금 이상했다.

"……아, 안녕하세요"라고 부인이 어색하게 말했고, 남편은 나를 돌아보며 "저분도 여기 손님인가요?"라고 물었다.

어쩌면 어제 엘라와 내가 카운터에 같이 있었던 탓에 엘라를 정말로 젊은 안주인이라고 착각했을지도 모른다.

"네, 맞아요. 어제 신사에서 마주쳤을 때 같이 소개할 걸 그랬네요."

"신사라면, 어제 만났던 곳 말인가요?"

"네, 거기요."

"하지만 그때라면 혼자 계셨던 것 같은데요."

그러면서 부인이 고개를 갸웃거리자, 남편도 "분명 혼자였는데"라며 고개를 끄덕였다.

"어……."

내가 입을 떼려는데 현관 앞에 서 있던 엘라가 말을 막으며 끼어들었다.

"네, 저 애 혼자 있었을 거예요! 저는 신사에 안 갔거든요."

나도 모르게 엘라를 돌아보았다. 왜 그런 거짓말을 할까. 그보다 마치 엘라를 처음 만난다는 듯한 시바타 부부의 말투가 도통 이해가 가지 않았다. 신사에서 스쳐 지나갔을 뿐이라면 그렇다 쳐도, 그런 대화를 나누고 사진까지 찍었으면서. 단 하루 만에 싹 잊는다니 말도 안 된다.

"하지만."

내가 또 입을 떼자 할머니가 옆에서 말을 끊었다.

"그만 좀 해라, 아침부터 잠꼬대 같은 소리나 하면서 손님을 난처하게 하면 못써."

그러고는 살짝 굽은 허리를 더 깊이 숙여 시바타 부부를 배웅했다.

"다음에도 또 찾아주십시오."

하는 수 없이 나도 같이 고개를 숙였지만 여러모로 석연치 않았다. 목구멍에 걸린 작은 가시처럼 계속 신경이 쓰였다.

"오늘은 날씨도 좋아서 그만 발목까지 바다에 담갔지 뭐야."

할머니가 객실을 정리하러 가자 현관에 서 있던 엘라가

기다렸다는 듯 내게 다가왔다. 긴 치마 아래로 맨발이 보였다. 바다에 갔다가 그대로 돌아왔는지 발가락에 모래가 붙어 있었다.

"미안하지만 젖은 수건 좀 갖다줄래."

엘라의 부탁에 탈의실에서 젖은 수건을 가져와 건넸다. 엘라는 "고마워"라면서 수건을 받아 들고 발을 꼼꼼히 닦았다.

내가 이상하게 여기는 걸 눈치챘으면서도 일부러 딴 얘기를 하는 듯했다.

"저기, 역시 뭔가 이상해."

"뭐가?"

엘라는 내 쪽은 보지도 않은 채 한 손에 들고 있던 구두를 신었다.

"아까 두 사람 반응 말이야, 엘라를 전혀 기억 못 하는 것 같잖아."

"그러네."

구두를 다 신은 엘라가 "고마워"라며 수건을 돌려줬다.

"그러네, 라니……."

내가 의아한 기색을 풀지 않자 엘라는 그 자리에서 크게 심호흡을 한 뒤에야 내 얼굴을 봐주었다. 그러더니 갑자기 진지한 얼굴로 말했다.

"아라타, 네가 중요한 비밀을 알아버린 것 같다……."

"뭐……."

정체를 알 수 없는 두근거림이 덮쳐왔다.

"후훗, 농담이야! 이제 그런 얼굴 좀 하지 마."

찡긋 얼굴을 일그러뜨린 엘라는 개구쟁이 꼬마처럼 깔깔 웃었다.

그러고 다시 한번 심호흡을 하더니 이렇게 말했다.

"나에 대해 더 알고 싶어?"

✦

"기억이 사라져?"

바닷가에 서 있는 도리이의 주춧돌에 올라선 나는 똑같이 오른쪽 주춧돌에 올라선 엘라가 하는 말에 귀를 쫑긋 세웠다. 아직 시간도 이르고 날도 맑아서 서퍼 몇 명이 바다에 떠 있었다.

"응, 그 카메라로 낫게 한 사람은, 다음 날 깨어나면 사진 찍은 일도 나도 깨끗이 잊어버려. 기억에 하나도 남지 않아."

엘라가 바다를 바라보며 담담히 말했다. 그 말을 들으니 엘라가 할머니를 치료했던 일이 떠올랐다. 그다음 날이 되자 할머니는 전날 민박집에 온 엘라의 존재를 새까맣게 잊고 있었다. 어쩐지, 그런 거였구나. 할머니 기억이 사라진 것은 머리를 부딪쳐서가 아니었다.

"그래서 다들 반응이 이상했던 거구나."

엘라가 보여줬던 그 앨범이 불현듯 떠올랐다. 지금까지 엘라가 낫게 한 사람들의 웃는 얼굴. 방금 엘라가 한 말대로라면 그 누구도 엘라를 기억하지 못할 것이다.

해파리에 쏘인 것처럼 가슴이 찌릿하고 저렸다. 지난번에 들은, 엘라가 사진을 찍는 이유가 생각났다.

"그럼, 엘라는 잊히는 걸 알면서 사진을 찍는 거야? 그건 너무 슬프다."

내 말에 엘라는 웬일로 아무 대꾸도 하지 않고 입을 꾹 다물었다.

아무리 엘라가 천사라도 쓸쓸한 감정은 있을 테다. 어쩌면 나는 굉장히 잔혹한 질문을 해버렸는지도 모른다.

"……어쩔 수 없지, 이건 '기적'이니까."

조금 뒤에 엘라가 말했다.

"기적은 말이야, 누군가가 일으키는 마법 같아선 안 되거든. 어느 날 갑자기, 마치 신이 한 일처럼 찾아오는 거야. 그렇기에 인간은 신의 힘을 믿을 수 있어. 믿는 것이 있기에 구원받는 거고."

신의 학교에서 배포한 매뉴얼의 한 문장을 통째로 잘라 낸 것처럼 논리적인 얘기였다. 하지만 엘라 자신의 마음은 외면한 말처럼 느껴졌다.

"그치만 사실은 잊히고 싶지 않은 거지? 그러니까 저런 식으로 앨범을 만들어서 갖고 다니는 거 아냐?"

내 말에 엘라는 아무 반응도 없었다. 하지만 지금까지 엘라가 그 일로 얼마나 상처받고 힘들어하고 고민했는지 표정에서 고스란히 전해졌다.

"……천사 실격이야."

엘라가 중얼거리듯 말했다.

"딱히 그런 의미는"

"아니야, 맞아. 천사는 외롭다거나 그런 감정을 가져선 안 돼. 남을 낫게 해주는 게 숙명이니까."

내가 상상하던 천사는 우아하고 강인한 존재, 등에 달린 아름다운 날개를 펼쳐 어디든 자유로이 날아갈 수 있는 존재였다.

하지만 내가 만난 천사는 아름다우나 어딘가 덧없고, 강인함 뒤에 인간 같은 나약함을 감추고 있었다. 고독하고 숙명에 얽매인, 자유와는 거리가 먼, 새장에 갇힌 작은 새처럼 보일 뿐이었다.

가슴이 뜨거워졌다.

내가 지키고 싶다. 엘라를 고독 속에서 구해내고 싶다.

'나, 잊지 말아줘.'

그날 엘라는 그렇게 말했다. 그 이유가 엘라의 고통이나 외로움과 이어져 있는 거라면, 엘라를 구할 수 있는 사람은 그 애의 숙명을 알고 있는 나뿐이다. 그리고 엘라도 내가 자신을 구해주길 원했다.

거친 바닷바람에 나부끼는 엘라의 머리카락과 긴 치마를 바라보며 조용히 심호흡을 했다.

"엘라."

"응?"

— 나는 엘라를 좋아한다.

몸속 깊은 곳에서 북받쳐 오르는 이 감정을 엘라에게 전하고 싶다.

그런 생각이 강하게 들었다. 쿵쾅쿵쾅 거세지는 심장 고
동 소리가 나를 북돋웠다.

"……나는."

"어, 아라타!"

내 말을 가로막듯 바다 쪽에서 누군가의 목소리가 들려
왔다. 서핑슈트를 입은 남자가 서프보드를 옆구리에 끼고
바다에서 이쪽으로 손을 흔들고 있었다. 그는 첨벙첨벙 파
도를 헤치고 때로는 뒤로 밀리기도 하면서 우리에게 다가
왔다.

그의 이름은 리쿠. 보통 릭이라고 불린다. 우바라에 오고
얼마 뒤, 여름에 해변에서 홀로 잠든 나에게 말을 걸어온 것
을 계기로 친해진 친구다. 나이는 나보다 네 살 많다.

릭은 어깨까지 내려오는 긴 머리를 뒤로 질끈 묶고, 햇볕
에 검게 탄 피부에는 파도를 모티브로 했음직한 타투가 새
겨져 있었다. 이 마을에서 만나지 않았다면 친구가 됐을 리
없는 스타일.

릭은 이 마을에서 서프숍을 운영한다. 온통 미국 서해안
분위기로 꾸민 가게로 이름은 '오션'이다. 어딘가의 바다에
서 주워 온 듯한 유목과 낡은 목재를 이어 붙인 바닥, 청록

색 앤티크 조명, 계산대 옆에 세워놓은 닳아빠진 서프보드, 반복되어 흐르는 보사노바풍 음악. 그 때문인지 안으로 들어서면 이곳이 우바라는커녕 일본인지조차 잊게 된다. 당연히 여름 말고는 손님도 없다. 손님이 없는 동안은 온라인 판매에 주력한다고 언젠가 릭이 말해주었다.

"친구?"

엘라가 내게 물었다.

"……아, 응, 맞아."

중요한 고백 타이밍을 놓치고 말았다. 아무것도 모른 채 만사태평한 릭의 모습에 나도 모르게 한숨이 나왔다.

릭은 모래사장에 보드를 내려놓고 묶었던 머리를 풀더니 강아지처럼 물기를 털면서 머리카락을 쓸어올렸다.

"안녕하세요, 릭이에요. 그쪽은?"

엘라가 도리이에서 폴짝 내려와 릭에게 손을 내밀었다.

"저는 엘라예요. 아라타네 민박집에 묵고 있어요."

옛날에 하와이에서 살았다던 릭이 그 손을 잡았다. 포옹이나 키스 같은 걸 해버리면 어쩌나 조마조마했지만, 릭은 악수만 하고 엘라의 손을 놓았다. 다행이다.

"와, 정말 미인이네. 아라타가 반할 만해."

릭이 히쭉히쭉 웃으며 나를 돌아봤다. 얼마 전에 릭의 가게에 들렀을 때 엘라 이야기를 살짝 한 적이 있다. 나는 엘라에게 들리지 않도록 입만 뻥긋하며 "그만"이라고 말했다.

"뭐야, 데이트라도 하고 있었어?"

수건으로 몸을 닦으면서 릭이 물었다.

"딱히 그런 건……. 릭이야말로 뭐 하고 있었는데?"

황급히 부인하는 나를 보며 릭은 코웃음을 쳤다.

"뭐 하고 있었냐니, 그야 서핑이지. 날씨도 좋잖아. 뭐 이젠 그냥 취미지만."

"이제, 라니 무슨 뜻이야?"

그 말에 이상한 낌새를 느낀 엘라가 내게 물었다.

이 마을로 오기 전에 릭은 하와이에 살았고 프로 서퍼가 목표였다. 그런데 연습하다가 거대한 바위에 부딪친 뒤로 오른쪽 무릎 아래로는 통증도 온도도 아무것도 느낄 수 없게 됐다. 그 사고를 계기로 릭은 어린 시절부터 품었던 프로 서퍼의 꿈을 접었다.

병이 재발하는 것이 두려워 의사를 꿈꾸지 않게 된 나와 판박이였다. 겉모습도 성격도 전혀 다른 우리지만 어딘가 닮은 부분을 서로 느끼고 있었다.

"릭은 원래 프로 서퍼가 꿈이었어. 그런데 부상을……."

그다음 이야기를 해도 되는지 망설여져 릭에게 시선을 보내자 릭이 웃어넘기듯 말했다.

"뭐, 그냥 운이 나빴던 거예요. 운도 실력이니까. 그렇지만 역시 바다와 떨어질 수 없는 천성이라."

"어떤 부상인데요?"

"아, 여기부터 아래가 감각이 없어요. 이렇게 두드려도 꼬집어도 아무 느낌이 없는 거죠."

릭은 서핑슈트 위로 자기 다리를 꼬집었다.

"서핑을 완전히 못 하게 된 건 아니지만, 프로의 세계는 그렇게 만만하지 않으니까."

"그렇구나……. 그럼 만약에 다리가 나으면 다시 프로를 목표로 할 건가요?"

엘라의 그 질문에 내 귀가 번쩍 뜨였다. 엘라가 뭘 하려는지 알아차리자 오싹 소름이 돋았다.

"아, 그럴 일은 없어요. 신경이 다쳐서 만약이란 건 없거든요."

"어머, 모르는 일이잖아요."

고개를 가로젓는 릭에게 당당한 미소를 띠며 엘라는 어

깨를 으쓱했다.

"다리 좀 보여줄래요."

"상관없지만, 왜요?"

역시 수상했는지 릭은 '이봐, 이 여자 괜찮은 거야?'라고 묻고 싶은 얼굴로 내게 눈짓을 보냈다.

릭은 엘라가 하라는 대로 수영복 한 장만 남기고 서핑슈트를 벗었다. 릭의 다리에는 부상 때문에 커다란 지렁이가 들러붙은 듯한 수술 자국이 또렷이 남아 있었다.

"별로 남한테 보여줄 만한 건……."

'도대체 뭐야'라고 릭의 얼굴에 쓰여 있었다. 아마 내가 옆에 없었다면 릭은 벌써 도망쳤을 것이다. 수상한 사람은 상대하지 않는 편이 신상에 좋다.

"그 상처, 잘 봐둬요."

엘라는 그렇게 말하면서 카메라를 들었다. 릭의 표정이 점점 어두워졌다.

"릭, 괜찮아. 그 다리 잘 봐둬."

내가 옆에서 그렇게 말하자 릭은 '너까지 왜 이래'라는 듯 더욱 인상을 찌푸리면서도 시키는 대로 자기 다리를 내려다봤다.

— 찰칵.

그 순간 릭의 다리에 붙어 있던 커다란 지렁이가 마치 땅속으로 기어들어 가듯 사라지기 시작했다. 릭은 눈이 휘둥그레지더니 그대로 굳어버렸다. 너무 놀란 나머지 목소리도 나오지 않는 듯했다. 그것도 어쩔 수 없다.

모든 상처가 말끔하게 사라지자 엘라는 만족스러운 미소를 지었다.

살짝, 아니 퍽이나 혼란스러워하며 릭은 머뭇머뭇 우리를 쳐다봤다. 턱이 빠진 것처럼 입을 반쯤 벌린 모습이 꼭넋이 나간 사람 같았다.

"만져봐요."

엘라가 재촉했다. 릭은 쭈뼛쭈뼛 자기 다리를 어루만지고는, 이어서 꼬집고 두드려 보았다.

"……거짓, ……말이지? ……감각이, 있어."

릭이 떨리는 목소리로 말했다.

"어떻게……, 어떻게……."

릭의 눈이 순식간에 새빨개졌다. 릭은 몇 번이고 계속해서 자기 다리를 꼬집고 두드렸다. 믿기 어려운 것도 당연하다. 나도 처음 봤을 때는 도저히 현실로 받아들일 수 없었으니까.

"어떻게 한 건지⋯⋯."

다리가 빨개질 정도로 계속 꼬집던 릭이 새빨간 눈으로 엘라를 바라봤다.

"기적이 일어난 거예요."

엘라가 단골 멘트를 말했다. 왠지 '미토코몬'(한국의 어사 박문수나 중국의 포청천에 비견되는 권선징악의 상징적인 인물로 드라마로도 만들어져 많은 인기를 모았다) 같다는 생각이 들었다.

"기적?"

엘라가 고개를 끄덕여 보였다. 그 순간 릭은 곧바로 그 자리에 털썩 주저앉아 얼굴을 감쌌다. 울고 있었다. 열심히 가리려는 듯했지만 뻔히 티가 났다. 덩달아 나까지 가슴이 뭉클해져 나도 모르게 따라서 울 뻔했다.

"고마워요⋯⋯."

악다문 입 사이로 간신히 새어 나오는 목소리로 릭이 말했다.

"⋯⋯당신은 갓GOD인가요⋯⋯?"

천사야. 튀어나오려는 말을 얼른 삼켰다. 그런 건 아무래도 상관없다.

아직도 미련이 남아 바다에 들어가는 릭의 모습을 눈으로 좇으면서 나는 항상 내 모습을 겹쳐 보았다. 릭은 이제 다시 꿈을 좇을 수 있다. 틀림없이 그렇게 할 것이다. 이렇게나 바다를 사랑하는 남자를 나는 지금껏 본 적이 없으니까.

하지만 조금 뒤, 엘라가 했던 말이 생각났다.

'그 카메라로 낫게 한 사람은, 다음 날 깨어나면 사진 찍은 일도 나도 깨끗이 잊어버려. 기억에 하나도 남지 않아.'

만약 그게 사실이라면, 내일이 되면 릭도 똑같이 엘라를 잊어버리는 걸까. 갓이라면서 울 정도로 고마워한 엘라의 존재를 정말로 잊고 마는 걸까. 그럴 리가 없다고 생각해도, 살며시 흔들리는 엘라의 쓸쓸한 옆얼굴에 불길한 예감이 겹쳐졌다.

예감은 보란 듯이 적중했다.

다음 날 릭을 찾아가자 그는 환하게 웃으며 나를 얼싸안았다. 물론 다리에 있던 수술 자국은 보이지 않았고, 어제 일을 묻자 기억하고 있기는 했다. 단, 바다에서 나오자 갑자기 다리가 기적처럼 나았다는 설정으로 바뀌어 있었다.

"어제 일은 평생 잊지 못할 거야."

눈을 반짝이며 아직도 흥분이 가라앉지 않아 보이는 릭. 엘라에 관해 물었지만 릭은 사진 찍힌 일은커녕 엘라의 존재조차 전혀 기억하지 못했다.

엘라가 한 말은 사실이었다.

그렇게 기뻐하던 사람의 기억에서 다음 날에는 완전히 사라져 버리다니. 너무도 잔혹했다.

"그런데 너, 연애 사업은 순조롭게 되어가냐? 나도 빨리 좀 만나게 해줘."

순수하게 그런 말을 하는 릭에게 뭐라 대답해야 할지 알 수가 없었다.

민박집에 돌아오자 엘라가 현관에 서 있었다. 나를 기다린 모양이었다.

"내가 말했잖아?"

이미 완전히 익숙해졌는지 엘라는 눈물 한 방울 보이지 않았다. 그런 엘라를 보고 있자니 더욱 마음이 아팠다.

엘라는 이런 가혹한 현실을 지금까지 당연한 듯 반복해 왔겠지. 안타깝고 분한 마음에 나는 입술을 꽉 깨물었다.

엘라가 마음 깊은 곳에 끌어안고 있을 외로움이 손바닥

보듯 휜히 보였다. 엘라처럼 기억에서 사라지는 것은 아닐 지라도, 가장 가까운 존재인 가족에게 사랑받지 못한 내 처지와 비슷하다고 느꼈으니까.

있어도 없는 것처럼 여겨지는 괴로움과 외로움 그리고 그 절망감은 이루 헤아릴 수 없다.

"……나는."

나도 모르게 꽉 쥐고 있던 주먹이 미세하게 떨렸다.

"나는 절대로 엘라를 잊지 않을 거니까……."

그 말밖에는 떠오르지 않았다. 단지 엘라에게 그 말을 꼭 전하고 싶어 견딜 수 없었다.

"응, 고마워."

엘라는 나를 똑바로 바라보며 방긋 웃었다. 그리고 이렇게 말했다.

"난 괜찮아. 아라타가 있으니까."

✦

아키야마와 우연히 다시 만난 것은 일루미네이션 빛이 반짝이는 거리에 종소리가 울려 퍼지기 시작할 무렵이었다.

진작에 유학을 떠난 줄 알았는데, 집으로 돌아가는 도중에 우연히 마주쳤다. 나도 모르게 아키야마의 팔을 붙잡고 말았다.

아키야마가 자기 단골집으로 가자기에 택시를 타고 무사시코야마역 근처로 향했다.

메구로역에서 도큐메구로선으로 두 정거장 거리. 무사시코야마역에는 도쿄도에서 가장 규모가 큰 아케이드 상점가가 있다. TV나 여러 매체에서 종종 취재하러 나오는 유명한 곳이다. 상점가를 직진해서 오른쪽으로 돌아가자 아키야마의 단골 바가 나타났다.

어둑어둑한 바 안에는 이미 손님이 꽤 들어차 있었다. 겨우 한 자리 남은 바 테이블에 아키야마와 마주 앉았다. 테이블 모퉁이에서 캔들라이트가 한들한들 흔들리고 있었다.

"가조엔(호텔, 연회장, 레스토랑 등이 혼합된 종합복합시설. 메구로에 자리 잡고 있다)에서 송별회 했어"라고 아키야마가 좀 서먹하게 말했다. '딱히 아라타와 만나고 싶어서 메구로에 있었던 게 아니야'라는 뉘앙스가 느껴졌다.

이야기를 들어보니, 다음 달에 미국으로 1년 동안 유학을 떠나게 되어 오늘 송별회를 했다고 한다. 대화를 나누는데 우리 사이에 흐르는 공기가 예전과는 조금 달라진 느낌이 들었다.

길쭉한 컵에 담긴 맥주를 반쯤 마셨을 때, 우리가 헤어진 그날이 생각났다.

얼떨결에 마주쳐 팔을 붙잡고 말았지만 너무 눈치가 없었다. 그런 식으로 이별의 말도 하지 못한 채 열쇠만 남기고 떠난 아키야마를 생각하니, 괜히 말을 걸었다고 새삼스레 반성했다. 애초에 사귀었는지 어떤지도 의심스러운 애매한 우리 관계에 아키야마는 어떤 말로 이별을 고해야 할지 몰랐던 것뿐일지도.

"미안해."

"응? 뭐가?"

견과류를 집으려던 손을 멈추고 아키야마가 내 얼굴을 쳐다보며 물었다. '뭐가'라고 하니까 짚이는 대목이 너무 많아 내가 무슨 일을 사과한 건지도 알쏭달쏭해졌다.

"……쫓아오지 않은 거?"

그것도 있었네. 2년이나 함께했는데 애매한 관계로 지낸 것, 아키야마의 이야기를 제대로 들어주지 않은 것, 그리고 엘라에 대해 숨긴 것. 결국 나 자신만 신경 쓰느라 그날 떠나는 아키야마를 붙잡지 않은 것까지는 미처 생각하지 못했다.

"아, 아니야?"

"아니, 응. 그것도. 미안해."

"거짓말. 지금, 의외라는 얼굴이었어."

나는 아무 말도 못 하고 입을 다물었다.

"사과는 딱히 안 해도 돼. 아라타가 쫓아오지 않을 거 알고 있었으니까."

그렇게 말한 아키야마는 상쾌한 민트잎이 떠 있는 모히토를 홀짝였다. 사과하려던 것이 오히려 아키야마의 상처를 헤집은 꼴이 되고 말았다. 나 자신이 한심해서 한숨이 나왔다.

그때 쫓아와 주길 바란 아키야마의 마음을 전혀 알아차리지 못했다면 거짓말이다. 하지만 다리가 움직이지 않았다. 그녀의 마음을 알면서 아무것도 하지 않았다.

"……아라타가 좋아한 아이는 어떤 사람이었어?"

훅 들어온 질문에 나는 흠칫 놀라 얼굴이 굳어버렸다.

"어, 어떻게 그걸……."

"그런 건 안 물어봐도 알아."

아키야마가 모히토 잔에 입술을 댄 채 눈을 치켜뜨고 나를 쳐다봤다.

"아라타, 예전부터 좋아하는 애가 있었지? 여자는 그런 거에 민감해서 숨겨도 알아차린다니까."

여자한테는 당해낼 수가 없다. 일부러 숨겨도 여자의 직감으로 저절로 훤히 들여다보이나 보다.

"……미안."

체념한 나는 눈을 내리깔고 사죄했다.

"아까부터 사과만 하고. 사과하지 마, 화내는 게 아니니까."

"미아……"라며 또 나오려는 말을 황급히 삼켰다. 아키야마는 그런 나를 보며 어처구니가 없다는 듯 웃었다.

"그러니까 어떤 사람이었어?"

여기서 아무 말도 안 하고 숨기려 들면 아키야마에게 상처를 줄 것 같았다. 어디서부터 이야기해야 할까, 열심히 머리를 짜냈다.

"처음 만난 건 10년 전쯤이야."

"10년 전이면 스무 살 무렵이라는 거야?"

고개를 끄덕였다. 그리고 엘라와의 첫 만남과 엘라가 조부모님 민박집에서 머문 일, 우리가 친해진 과정, 그리고 어느 날 갑자기 사라져 버린 일을 간략하게 이야기했다.

"겨우 한 달이었어. 함께 있던 시간은."

"어, 한 달?"

아키야마는 의외라는 표정을 지었다.

"그럼 어디 있는지도 모르고 그 뒤로 만나지도 않았어?"

조용히 고개를 끄덕이는 나를 보며 아키야마는 조그맣게 한숨을 내쉬었다.

"그렇구나, 그러면 잊고 싶어도 잊을 수가 없지."

뭔가 수긍한 듯 아키야마가 고개를 끄덕였다.

그러고 나서 우리 둘 다 입을 다물었다. 이따금 아키야마의 잔 속에 든 얼음이 달그락달그락 소리를 냈고, 가게 안에 나지막하게 흐르는 재즈가 침묵을 메웠다.

내 잔이 비자 "한 잔 더 마실래?"라고 아키야마가 물었다. 역시 아키야마는 대단하다. 늘 주변을 잘 살핀다. 눈치 빠른 성격은 처음 만났을 때부터 조금도 변하지 않았다.

"요즘 일은 어때?"

두 번째 맥주가 나오자 아키야마는 무거운 분위기를 바꾸려는 듯 화제를 돌렸다.

"글쎄. 내가 무능해서 아무것도 못 하니까 계속 의욕만 떨어져."

아키야마가 일부러 화제를 바꿔줬는데, 나도 모르게 그런 나약한 소리가 나왔다.

"그래도 아라타는 내내 의사가 되고 싶었던 거잖아?"

아키야마는 확인하듯 묻고 나서 말을 이었다.

"그렇다면 그것도 받아들여야지. 병을 100퍼센트 치료할 수 있는 의사는 없어. 하지만 아무것도 안 하면 100퍼센트 죽는 환자를 의사는 구할 수 있잖아. 그렇게 생각해 보면 어떨까?"

그 말대로다. 우리는 그것을 위해 매일같이 환자와 마주한다. 아직 치료할 수 있는 환자를 살리기 위해서. 아무리 중증 환자라도 어떻게든 살리고 싶다. 그것은 이 길에 뜻을 품은 사람이라면 대부분 마음에 담고 있는 감정이다. 그래도 거기에는 한계가 있다. 그 한계와 마주하는 일, 그 또한 이 길을 가는 사람에게는 벗어날 수 없는 숙명이다.

"……아키야마는 천사를 만나본 적 있어?"

나도 모르게 아키야마에게 그런 질문을 했다. 조금 취한 탓일까.

"천사라니, 그 천사?"

아키야마가 양팔을 살짝 들어 날갯짓하는 시늉을 했다.

"10년 전에 그 애는 어떤 병도 낫게 하는 기적을 일으키는 사람이었어."

아키야마가 갑자기 묘한 표정으로 나를 바라봤다.

"말도 안 되는 일이라고 생각하겠지. 하지만 정말이야. 나는 그 애 곁에서 많은 기적을 봤어. 그래서……."

그쯤에서 말문이 막혔다. 역시 말하지 않는 편이 나았을지 모른다. 이런 일을 아키야마한테 이야기해 봤자 무슨 소용일까.

나는 정신을 차리고 "미안, 잊어버려"라고 말하며 씁쓸하게 웃었다.

"믿어."

아키야마가 단호하게 말했다. 나는 고개를 들어 아키야마를 쳐다봤다.

"아라타는 정작 중요한 일은 전혀 말해주지 않았지만, 거짓말은 하지 않는 사람이었어. 그러니까 믿어."

믿어. 아키야마의 그 말에 10년간 마음속에 가둬두었던 과거의 기억이 결계를 깨고 쏟아져 나오는 것만 같았다. 엘라와의 추억은 누구와도 공유할 수 없는 불확실한 것이었으니까. 분명히 내 눈으로 똑똑히 본 기억인데도, 시간이 지나면 지날수록 어쩌면 이 모든 것이 내 멋대로 꾸며낸 꿈일지도 모른다는 생각이 들었다.

그런 식으로 나 스스로 내 기억을 의심했다.

게다가 그런 일은 역시 현실에서는 있을 수 없다. 눈앞에서 죽어가는 환자를 보면 볼수록 그 많은 기적은 환상처럼 느껴졌다. 어느 틈엔가 나는 과거의 현실을 꿈이라고 믿어버리면서 내 무력함을 애서 긍정하고 싶었는지도 모른다.

"……천사였구나. 아라타는 천사를 사랑한 거였네. 그러면 당연히 내가 못 이기지."

아키야마의 웃음이 조금 애처로워 보였다.

"있잖아, 아라타."

나는 아무 대답 없이 아키야마를 물끄러미 바라봤다.

"아라타는 조금은 날 좋아했어?"

생각지도 못한 질문에 머릿속이 혼란스러웠다.

"조금은 좋아했어?"

아키야마가 다시 한번 물었다.

잠깐 생각을 정리할 시간을 갖고 나서 천천히, 그렇지만 내 마음이 분명히 전해지도록 고개를 크게 끄덕였다. 한시름 놓은 듯 표정이 누그러지는 아키야마를 보자 견디기 힘든 심정이 되었다.

아키야마와 함께 지내면서 나는 분명히 그녀를 좋아했다. 남을 너무 배려하는 성격도, 분위기를 너무 잘 읽는 성격도, 응석 부리지 못하는 성격도, 어쩌면 내가 그렇게 만든 것인지도 모르지만 아무튼 좋아했다.

아키야마는 마음에 안 드는 듯했으나 화장을 안 하면 앳돼 보이는 그 얼굴도 나는 좋았다.

거짓말이 아니다. 단지 자꾸 비교하게 되는 존재가 있었을 뿐이다. 그리고 내 세계에서는 그걸 뛰어넘을 만큼 가치 있는 것이 아무것도 없었을 뿐이다. 아무리 발버둥 쳐 봐도 결과는 조금도 바뀌지 않았다. 더는 어찌할 도리가 없었다.

이런 나에게 2년이라는 긴 세월을 바친 아키야마를 생각하면 면목이 없었지만, 정말로 감사하는 마음이 우러나왔다.

"고마워."

아키야마의 눈을 똑바로 바라보고 말했다. 그 두 눈에 눈물이 차오르더니 뺨을 타고 조용히 흘러내렸다.

우리의 애매한 관계에 안녕이라는 이별의 말은 어울리지 않았다.

그렇지만 마지막으로 서로에게 꼭 전해야 하는 말이 있었다. 그 말을 지금 확실하게 찾은 듯했다.

조금 더 남아 있겠다는 아키야마를 두고 먼저 일어나기로 했다.

"조심해서 다녀와."

"응, 훌륭해져서 돌아올게."

아키야마는 완전히 개운해진 얼굴로 팔락팔락 손을 흔들었다.

가게를 나서는데 "아, 아라타!" 하고 다시 부르는 소리에 뒤를 돌아봤다.

"천사라는 말을 듣고 생각난 건데. 알고 있어? 이 근처에 있는 케이크 가게 말이야."

이 시간대면 상점가에 늘어선 가게들은 거의 셔터가 내려져 있다.

전철역 방향으로 걸어가다 한 케이크 가게 앞에서 발길을 멈췄다. 셔터가 반쯤 내려와 있었지만 안에서 불빛이 새어 나왔다. 문 닫을 준비를 하는 듯했다.

무사시코야마에서 유명한 집으로, 오래된 케이크 가게 겸 카페였다. 케이크 세트를 단돈 500엔에 먹을 수 있어서 학생부터 어르신들까지 두루 찾는 인기 맛집이었다. 나도 예전에 몇 번 온 적이 있다.

'알고 있어? 거기 케이크 집, 예전엔 천사가 있는 가게라고 불렸대. 그 가게 케이크를 뭐든 먹기만 하면 모든 병이 나았다나. 물론 그냥 소문이겠지만, 좀 전에 아라타 이야기를 듣고 있자니 꼭 소문만은 아닐지도 모르겠다 싶어서.'

돌아가려는 나를 불러 세운 아키야마가 문득 생각난 듯 해준 이야기에 그만 할 말을 잃었다.

아무 관계 없을지도 모른다. 하지만 아키야마한테 들은 몇몇 단어가 10년 전의 기억과 연결되는 것도 사실이다.

가게 안에서 할아버지 한 분이 나왔다. 가게 사장님이겠지. 일흔쯤 되었을까. 겉모습과는 다르게 그는 가게 앞에 놓인 커다란 나무통 같은 오브제를 끌어안더니 힘차게 끌어 가게 안으로 옮겼다.

……어라, 저 사람 어디선가.

사장님인 듯한 그를 어디선가 본 기억이 있다. 몇 번 와본 가게라서 그럴까? 하지만 사장님 얼굴은 제대로 본 적이 없다. 굳이 따지자면 홀에 있는 멋진 아르바이트 청년들이 더 기억에 남는다. 그러니까 나는 분명히 다른 곳에서 가게 사장님을 본 것이다.

끝내 기억이 떠오르지 않아 초조한 마음으로 전철에 올랐다. 집에 도착한 순간, "앗" 소리와 함께 불현듯 머리를 스치는 생각이 있었다. 구두를 벗어 던지고 서둘러 침실로 갔다.

불을 켜고 침대 옆 서랍장에서 그 앨범을 꺼냈다.

"역시 그 사람이야."

앨범에 끼워져 있던 사진 한 장을 뺐다.

틀림없다. 이 사진보다 딱 10년만큼 나이가 들어 보였다. 엘라가 두고 간 앨범 속 인물은 아까 얼핏 본 그 가게 사장님이었다.

'······언젠가 반드시 그 아이를 다시 만날 거야.'

헤어질 때 마지막으로 아키야마가 해준 말이 뇌리에 되살아났다.

안녕, 나의 천사

"엘라, 저녁밥 가져왔어. 몸은 좀 어때?"

엘라가 이곳에 온 지 3주가 지났을 무렵이었다. 저녁을 가지고 방으로 가니 엘라가 이불 속에서 천천히 내 쪽으로 돌아누웠다. 요 며칠 엘라의 몸 상태가 좋지 않아 걱정스러웠다.

"······응, 꽤 좋아졌어."

엘라가 콜록콜록거리면서 가냘픈 목소리로 대답했다.

"전혀 괜찮아 보이지 않는데."

나는 저녁 식사를 테이블에 내려놓으며 엘라의 상태를 살폈다. 엘라가 걱정된 할머니가 특별히 죽을 만들어 들려 보냈다.

"정말 괜찮아. 몸이 조금 나른할 뿐이야."

엘라는 별일 아니라는 듯 고개를 가로저었다.

"천사도 감기에 걸리는구나."

무심결에 비꼬는 듯한 말이 입 밖으로 새어 나왔다.

"당연히 걸리지."

"그러면, 천사가 자기 사진을 찍으면 낫지 않을까?"

지금까지 실컷 남의 병을 낫게 해준 엘라 자신이 앓아누워 있다니, 아무래도 조금 이상했다.

"그렇게는 안 돼, 천사라도 고칠 수 없는 게 있다고."

의외의 대답이 돌아왔다.

"그게 천사 자신이라는 거야?"

"음, 그것뿐만은 아니지만."

엘라의 그 말에 또다시 소소한 의문이 생겼다.

"그거 말고 또 뭔데?"

별생각 없이 그렇게 되묻자 엘라는 후우, 하고 입을 오므리더니 예상 밖의 대답을 했다.

"……사랑하는 사람, 이라던가."

"아."

훅 치고 들어오는 한 방에 목이 메었다.

농담일까, 아니면 정말로 고칠 수 없는 걸까. 그보다 엘라의 입에서 '사랑하는 사람'이라는 말이 나오다니, 무척 놀랐다.

엘라에게도 그런 상대가 있었다니. 무방비 상태였던 내 가슴에 찌릿, 하고 못이 박혔다.

"후후, 아무튼 천사한테도 천사 나름대로 사정이란 게 있어. 숙명의 대가라고나 할까. 근데 정말 괜찮으니까 걱정하지 마."

엘라의 건강을 걱정해야 하는데 방금 전에 들은 그 말이 더 신경 쓰이다니. 하지만 어쩔 도리가 없었다.

"엘라."

"응?"

"……아니, 아무것도 아니야. 저녁밥 여기 놔둘게, 필요한 거 있으면 불러."

"응. 고마워, 아라타."

계속 곁에 있어봤자 오히려 방해만 될 것 같아 하는 수 없이 방을 나왔다. 문을 닫자마자 휴우, 한숨이 나왔다.

이제 엘라가 이곳에 온 지도 한 달이 다 되어간다. 엘라가

언제 떠날지 모르는데 여태껏 엘라에게 내 마음을 전하지
도 못했다.

　다음 날 카운터를 보고 있는데 엘라가 다가왔다.

　싹 나았다고 말하는 것치고는 조금 야위어 보였다. 한동
안 식사를 제대로 못 한 탓이겠지. 무리하지 말라고 말하자
엘라는 느긋하게 "넵" 하고 대답했다.

　그날 민박집을 찾은 손님은 엄마와 아들, 모자 한 팀뿐이
었다. 초등학교 저학년쯤 되어 보이는 아이는 손에 지팡이
같은 것을 짚고 있었다. 엄마는 아이 눈이 거의 보이지 않는
다고 했다.

　평소보다 더 신중하게 발밑을 조심하라고 말하며 모자
를 방으로 안내했다. 카운터로 돌아오니 엘라가 또 제멋대
로 숙박부를 들여다보고 있었다. 나는 "뭐 하는 거야"라면
서 냉큼 숙박부를 빼앗았다.

　"일주일이나 묵는 거야?"

　"어, 그런 것 같아."

　엘라가 흠, 소리를 냈다. 엘라 목에 늘 걸려 있는 카메라
를 보자 번뜩 떠오르는 생각이 있었다.

설마. 아니, 설마가 아니라 확실하다. 엘라라면 분명 그 아이의 눈도 쉽게 고칠 수 있다.

나는 오늘 그 아이에게 최고의 날이 될 상황을 상상했다. 왜냐하면 그 아이는 오늘 엘라를 만났으니까. 엘라니까 믿을 수 있다. 엘라는 당장이라도 '사진 한 장 찍게 해주세요'라고 말하겠지. 아이는 엘라의 힘으로 금세 시력을 되찾고, 놀라움과 기쁨에 얼굴을 일그러뜨릴 것이다.

기대와 망상으로 가득 찬 눈길을 엘라에게 보내는데, 왠지 엘라가 평소와 달라 보였다.

"엘라?"

엘라는 아무 대답 없이 우울한 표정으로 잠자코 고개를 떨구었다.

"아직 몸이 안 좋아?"

엘라가 고개를 가로저었다.

"그렇구나. 그런데 방금 전에⋯⋯."

"못 해."

내 말을 뚝 자르듯이 엘라는 다시 한번 고개를 가로저었다. 끝까지 듣지 않아도 내 망상이 엘라에게는 훤히 들여다보이는 모양이었다.

나는 고개를 갸웃거렸다. 예상 밖의 반응이었다.

"어째서?"

그렇게 물어도 엘라는 "못 해"라는 말만 반복하더니 결국 자기 방으로 돌아가 버렸다.

평소와 다른 엘라의 모습이 마음에 걸렸다. 지금까지 어떤 병이든 아주 간단하게 고친 엘라가 왜 저 아이만은 고칠 수 없다는 걸까. 도무지 이해할 수 없는 상황이었다.

"아직 빛은 간신히 느낄 수 있어요."

식사를 정리하러 갔더니 마쓰오카 씨가 이불 속에서 쌔근쌔근 자는 아들을 곁눈질하며 내게 알려줬다. 아이는 녹내장이 진행되어 이제 양쪽 눈이 거의 안 보인다고 했다. 증세가 나타난 것은 지금보다 어릴 때였는데 그때는 미처 알아차리지 못했다고.

"내가 아이 눈이 이상하다는 걸 좀 더 빨리 알아차렸다면 이렇게까진 안 됐을 텐데."

마쓰오카 씨가 눈물을 글썽였다.

"완전히 보이지 않게 되는 것도 시간문제라네요. 나을 일은 없다지만, 그래도 도저히 포기할 수가 없어서."

나는 마쓰오카 씨의 이야기에 가만히 귀 기울였다.

"얼마 전에 이 마을에 왔던 친구 부부가 알려줬어요. 여기 굉장히 좋은 숙소와 신사가 있다고요."

나도 모르게 고개를 번쩍 들었다.

"시바타라는 부부가 최근에 오지 않았나요?"

역시나. 부부에게서 딱히 연락은 없었지만 그 뒤로 부인이 어떻게 지내는지 궁금했다.

"아, 네. 다녀가셨어요."

"부인이 이곳을 알려줬어요."

"두 분은 잘 지내세요?"

"네, 사실 부인이 자궁암이었는데요, 이곳 신사에서 참배했더니 마법처럼 암이 사라져 버렸대요. 믿기 어렵죠? 근데 사실이에요. 지금은 아주 건강해요. 기적이 일어난 거라면서 굉장히 기뻐하고 있어요."

와, 역시 엘라는 굉장한 힘이 있다. 물론 시바타 부부는 엘라의 카메라는 기억하지 못한다. 하지만 기적이 일어난 것만큼은 틀림없는 사실이라고 믿는가 보다.

"그래서 이곳에?"

"맞아요. 내가 할 수 있는 일이라고는 신께 비는 것밖에……."

마쓰오카 씨 스스로도 그런 기적이 일어나리라고는 생각하지 않을 것이다. 그래도 지푸라기라도 잡고 싶고, 실낱같은 희망이라도 있다면 시도해 보고픈 간절한 마음이 전해졌다.

하지만 그 기적은 일어나지 않을 것이다. 오늘 엘라의 태도를 보고 알아차렸다.

왜 고칠 수 없는지는 모른다. 분명 무언가 이유가 있다. 엘라는 지금까지 수많은 사람을 구했다. 그런 엘라가 못 한다고 말하니 틀림없이 그럴 만한 사정이 있을 것이다. 하지만 기적을 바라는 마쓰오카 씨를 생각하면 견디기 힘들었다.

만약 아이 눈이 보이게 된다면. 빛을 잃어가는 그 눈동자에 이 마을의 아름다운 바다가 비친다면. 아이가 얼마나 기뻐할까, 얼마나…….

순간 몸 상태가 좋지 않은 엘라의 어두운 얼굴이 머리를 스쳤다. 나는 깜짝 놀랐다.

가만히 생각해 보니, 그동안 나는 엘라에게 의지하기만 했다.

엘라의 곁에서 그 애가 일으키는 수많은 기적을 똑똑히

목격하며, 마치 그 기적이 내 공인 양 만족감에 젖어 있었다.

내가 한 일은 단 한 가지도 없다. 미련만 품고 참고서 따위나 읽는 주제에. 지금도 엘라에게 의문을 늘어놓기만 하고 아무것도 하지 않고 있다.

주먹에 힘이 들어갔다.

나 자신이 한심했다. 너무나 한심해서 분할 지경이었다.

무엇보다 엘라가 일으키는 기적을 당연하게 생각한 나 자신에게 화가 치밀었다.

◆

처음으로 내가 먼저 엘라에게 바다에 가자고 말했다. 엘라는 의외라는 표정을 지었지만 조금 수줍어하며 고개를 끄덕였다.

늘 가는 그곳, 우리는 도리이에 나란히 올라서서 바다를 바라봤다.

그 아이가 오고 나서 엘라는 어딘지 기운이 없었다. 이유는 물어보지 않았다. 이제 물어볼 마음도 없다. 당연히 할 수 있으리라는 기대에 엘라가 얼마나 압박을 느꼈을지, 조금만 생각해도 알 수 있는 일이었다.

"나는 다른 사람을 믿을 수 있는 사람이라고, 전에 네가 말한 적 있잖아."

내가 입을 열었다. 엘라는 해가 저무는 하늘을 바라보고 있었다.

"그런데 그건 엘라 너야. 너는 이런 나를 처음부터 믿어 줬어. 어째서야?"

엘라와 눈이 마주쳤다. 내 눈을 마주 보며 엘라는 입꼬리만 쭉 올렸다. 사람들이 비밀을 감출 때 짓는 표정과 비슷했다.

"……운명이라고나 할까?"

엘라는 그렇게 말하고 어깨를 으쓱했다.

"전에도 말했잖아. 아라타와 만난 게 운명이 아닐까 싶다고. 그 말, 실은 정말 진심으로 한 말일지도."

부끄러워하는 건지, 석양빛이 비쳐서인지, 엘라의 얼굴이 발개져 있었다. 아마 나도 마찬가지겠지.

"있잖아, 그거 알아? 이곳 바다가 왜 이렇게 예쁜지."

생각해 본 적도 없다. 우바라의 바다가 아름다운 것은 내게 당연한 일이었으니까.

역시 나는 아직도 '당연함'에 사로잡혀 사는가 보다.

그런 내가 싫어서 새로이 진지하게 생각해 봤다.

"더럽히는 사람이 없어서?"

"그럴 수도 있지만"이라고 말하며 엘라는 바다가 아니라 내 등 뒤를 천천히 가리켰다. 그곳에는 수많은 산이 우뚝 솟아 있었다.

"바다와 산은 말이야, 밀접한 관계가 있어. 아름다운 바다 곁에는 아름다운 산이 있지. 사람도 바다도 산도, 자기 혼자만으로는 아름다울 수가 없어."

그러고 보니 도쿄의 바다 근처에는 산이 없다. 아니, 옛날에는 있었을지 모르지만 지금은 그 흔적조차 찾아볼 수 없다. 인간이 편리함만을 추구한 결과다.

"아라타는 나한테 산 같은 존재야. 살아가는 데 꼭 필요하진 않지만, 있는 것만으로 나를 아름답게 만들어 주는 그런 존재."

엘라는 "운명이란 그런 거잖아?" 하고 덧붙였다.

설마 이것은 고백인 걸까.

가슴이 두근거린다. 순정만화를 보는 느낌이다.

지금까지 몇 번인가 엘라에게 내 마음을 전하려고 시도

했다. 그때마다 방해꾼이 나타나 실패했지만, 지금에 와서 확실히 깨달았다.

아직 마음을 전하기가 두려운 것이다.

이유는 나에게 자신이 없어서다. 방해꾼 탓으로 돌리며 변명했지만 실은 그 이유가 아니다.

누가 방해를 해도 말을 가로막아도, 마음을 전할 시간이 없지 않았다. 시간은 얼마든지 있었다. 지금 역시 마찬가지다.

눈앞에 엘라가 있고 고백 비슷한 것을 받았는데도 말이 목구멍에 걸려 나오지 않는다.

— 널 좋아해. 그렇게 전하고 싶을 뿐인데 어째서 제대로 말을 못 하는 걸까.

오늘도 또 해가 저문다.

집으로 돌아오는 길에 엘라와 함께 역에 들렀다.

우바라역은 텅 비어 있었다. 인기척은 전혀 없고, 고양이 한 마리가 마중 나오듯 우리에게 다가왔다. 엘라가 벤치에 앉자 고양이는 당연한 일인 양 무릎으로 뛰어올랐다.

"아주 잘 따르네."

나도 옆에 앉아서 고양이 머리를 쓰다듬었다. 전에 다쳤던 그 고양이였다.

지금 생각하니 이 고양이도 엘라가 고쳐준 것이 틀림없다.

"아라타."

무릎에 앉아 있는 고양이를 다정하게 쓰다듬으며 엘라가 말했다.

"나 경멸해?"

"뭐, 그게 무슨 소리야?"

느닷없이 왜 그런 말을 하는지 알 수가 없었다.

"그야, 그 아이는 못 고친다고 했으니까."

"설마. 경멸은 무슨 경멸이야. 뭔가 사정이 있는 거지?"

그 물음에 엘라는 대답하지 않았다. 잠시 침묵이 흐른 뒤, 엘라가 다시 입을 열었다.

"……우리 엄마도 천사라는 얘기 했었지?"

나는 조용히 고개를 끄덕였다.

"나 있잖아, 예전에 엄마를 굉장히 경멸했던 때가 있었어."

"왜?"

"천사로서, 아니 인간으로서일까. 나도 잘 모르겠지만."

"그러고 보니 엘라 어머니는 왜 돌아가셨어?"

엘라는 그 질문에도 대답해 주지 않았다. 대신에 긴 한숨을 내쉬고 힘겹게 입을 열었다.

"……고칠 수 없다고 한 거 거짓말이야. 사실은 낫게 할 수 있어."

"뭐?"

나는 깜짝 놀라 엘라를 똑바로 바라봤다.

"……하지만, 조금만 더 시간을 줘. 아주 조금이면 되니까."

"무슨 말이야?"

승강장으로 전철이 들어온다는 안내방송이 나왔다. 그 소리에 놀랐는지 고양이가 엘라의 무릎에서 폴짝 뛰어내렸다. 얼떨결에 내 입에서 "아" 소리가 흘러나왔고, 나는 달아나는 고양이의 뒷모습을 눈으로 좇았다.

갑자기 엘라가 내 어깨에 몸을 기댔다고 느낀 순간, 엘라는 그대로 미끄러져 벤치에서 떨어졌다. 나는 황급히 엘라를 끌어안았다.

"괜찮아?"

엘라는 온몸이 흔들릴 정도로 쿨럭쿨럭 기침하기 시작했다.

"감기 나은 거 아니었어? 이 지경이 될 때까지 가만있으면 어떡해!"

너무나도 괴로워하는 엘라를 보며 애간장이 탔다. 허둥지둥 주머니에서 핸드폰을 꺼내 119 긴급번호를 눌렀다. 손가락이 부들부들 떨리고 있었다.

그런데 엘라가 손을 뻗어 핸드폰을 빼앗았다.

"엘라?"

"……병원엔 안 가도 돼."

"말은 그렇게 해도, 지금 상태를 봐선 정말로 단순 감기인지 의심스러워!"

"부탁이야, 괜찮으니까……, 병원은."

그렇게 말하던 엘라가 별안간 몸을 젖히고 심하게 기침을 했다. 괴로워하며 눈물을 흘리는 엘라의 입에서 무언가 빨간 것이 튀어나와 콘크리트 바닥에 떨어졌다.

"……피?"

내 눈을 의심했다. 단순 감기로 피까지 토할 리는 없다.

나는 정신 나간 사람처럼 엘라의 어깨를 붙잡았다. 비틀비틀거리며 내 어깨에 기댄 엘라는 그대로 의식을 잃었다.

"엘라! 엘라!"

어깨를 흔들어 봐도 엘라는 눈을 뜨지 않았다. 엘라의 손에 있는 핸드폰을 빼앗아 방금 누른 번호로 부랴부랴 전화를 걸었다.

"저기요! 도와주세요! 응급 환자예요! 엘라가……, 엘라가!"

너무나도 불길한 예감이 들었다. 엘라는 무언가 중요한 일을 숨기고 있다.

근거는 없다. 하지만 또렷한 불안감이 가슴속을 맴돌았다.

❖

괜찮다고 한 엘라의 말은 새빨간 거짓말이었다. 구급차에 태워 엘라를 데려간 병원에서 나는 믿기 어려운 사실을 알게 되었다.

"환자분, 언제부터 이런 상태였는지 들었나요?"

엘라 가족이 사는 곳도 연락처도 모르는 나는 애인이라고 속여 의사에게 엘라의 상태를 들었다. 의사가 엑스레이 사진을 보면서 말했다.

"언제부터라니요, 일주일쯤 전부터 감기라고 들은 것밖에는."

"감기? 그럴 리가, 그런 게 아니에요. 왜냐면……."

의사는 그렇게만 말하고 말끝을 흐렸다.

"어떻다는 말씀인가요?"

가슴이 요동쳤다.

"암이 있어요. 자궁에."

"자궁……, 암?"

"아, 그런데 그것뿐만이 아닐지도 몰라요. 지금 피 검사 결과를 기다리고 있으니까 자세한 것은 그때 알겠지만……. 그리고 환자 팔 말인데요, 언제 저렇게 됐는지 들었나요?"

"팔은 왜요?"

"아, 그것도 못 들었어요? 환자 팔에 심한 화상 흔적이 있어요. 제대로 치료를 안 했는지 염증이 생겼어요."

의아해진 나는 고개를 갸웃거렸다. 그 두 가지는 바로 최근에 엘라가 낫게 한 두 사람의 증세와 완전히 일치했다. 우리 민박집에서 묵었던 시바타 부부와 외할머니.

"이런 상태로 내버려두다니……. 뭔가 피치 못할 사정이 있었나요?"

그 순간 내 의심은 확신으로 바뀌었다.

만약 그것이 사실이라면—

"……혹시 다리도 보셨어요?"

의사는 고개를 한 번 갸우뚱하더니 "아아" 하고 문득 생각난 듯 말했다.

"그 수술 자국 말하는 건가요?"

"수술 자국……, 있었나요?"

"아, 있었어요. 음, 그건 생명에는 지장이 없지만, 저런 상태라면 왼쪽 다리 신경까지 잘못됐을지도 모릅니다."

갑자기 릭의 얼굴이 뇌리를 스쳤다. 이 상황이 꿈인지 현실인지 알 수 없었고, 단지 절대로 들어서는 안 되는 말을 들어버린 것만 같았다.

아담과 이브가 신이 금지한 지혜의 열매를 먹고 낙원에서 쫓겨난 것처럼. 까마득한 공포가 밀려왔다.

모르는 편이 좋았을까. 몰랐다면 이런 마음을 느끼지 않고 지나갈 수 있었을까. 병원은 안 가겠다고 끝까지 거부하던 엘라를 생각하니, 엘라는 나에게 이 모든 사실을 감추려 했던 것이 틀림없었다.

엘라는 내가 기적을 믿게 하려고 했다.

나는 아무런 의심도 하지 않았다. 천진난만하게 눈에 보이는 것만을 믿었다.

기적의 뒤편에 있는 시커먼 암흑은 알아차리지도 못한 채.

"······나을 수 있을까요?"

기도하듯 무릎 위에 손을 모으고 의사에게 물었다. 하지만 돌아온 대답은 너무도 가혹했다.

"솔직히 매우 어렵습니다. 환자가 몹시 쇠약해서 지금 살아 있는 게 기적이라고 할 정도니까요. 그 몸으로는 수술도 버텨내기 힘들어요."

심장이 쿵쾅쿵쾅 뛰었다. 조금 전에 느꼈던 두근거림과는 완전히 달랐다. 엘라가 기적을 일으켜서 고쳤다고 생각했던 병은, 엘라가 대신 떠안은 것에 불과했다.

그런 줄도 모르고 나는 엘라가 일으키는 기적을 그저 순진하게 믿고 있었다. 내가 이렇게 속이기 쉬운 남자였다니, 기가 찼다.

진찰실에서 나와 엘라가 잠들어 있는 병실로 안내를 받았다. 엘라는 온몸에 관을 연결하고 가만가만 숨소리를 내면서 자고 있었다.

침대 옆에 놓인 의자에 털썩 앉았다. 여기까지 겨우겨우 왔다. 서 있기만 해도 어지러웠다.

환자복을 입은 엘라의 한쪽 팔에는 수액 바늘이 꽂혀 있고, 반대편 팔에는 붕대가 감겨 있었다. 나는 그 모습을 물끄러미 바라보다 조심스레 이불을 들추고 다리 쪽의 환자복을 걷었다. 엘라의 왼쪽 다리에는 예전에 릭의 다리에 있던 상처와 완전히 똑같은 수술 자국이 선명하게 나 있었다.

마음 한구석에서 열심히 부정하던 그 진실을, 내 눈으로 확인해 버렸다. 이제야 모든 것이 이해가 갔다.

목구멍이 턱 막혀왔다. 호흡이 거칠어졌다. 참을 수 없어 엘라의 손을 꽉 잡았다. 마음속에 후회만 가득했다.

엘라가 대신 고통을 가져간다는 사실을 알았다면 절대로 카메라를 들게 하지 않았다. 이대로 엘라가 죽는 걸까, 생각만으로도 도저히 견딜 수가 없어서 병실을 나왔다.

결국 그날은 병실에 머무는 일도 허락되지 않았다. 혼자 집으로 돌아오자 할머니가 당황한 얼굴로 달려왔다. 엘라가 갑자기 없어졌다고 걱정하는 할머니에게 뭐라고 말해야 할지 알 수가 없었다. 그냥 감기가 심해져서 입원하게 됐다고 둘러대자 할머니는 내일 짐을 가져다주라고 말했다.

다음 날 짐을 들고 병원에 갔는데 엘라가 온데간데없었다. 간호사들과 함께 병원을 샅샅이 찾아봤지만 엘라는 어디에도 없었다. 서둘러 민박집으로 돌아왔으나 엘라는 역시 오지 않았다. 엘라가 숙박부에 적은 연락처는 완전히 거짓이었다. 전화를 걸어봐도 낯선 사무실로 연결될 뿐이었다.

그날 밤, 나는 엘라가 머물던 방에 혼자 앉아 있었다. 어찌해야 할지 알 수 없어 막막하기만 했다.

열어놓은 창문으로 파도 소리가 들려왔다. 머릿속이 줄곧 뒤죽박죽이었다. 어디서부터 어떻게 정리해야 할지도 알 수 없었다. 생각할 때마다 심장을 쥐어짜는 듯한 고통과 이제 다시는 엘라를 볼 수 없을지도 모른다는 불안감이 엄습했다.

그때 누군가 불쑥 나타났다.

"아라타."

등 뒤에서 내 이름을 부르는 목소리가 들렸다. 깜짝 놀라 뒤돌아보니 엘라가 방문에 기대서 있었다. 나는 벌떡 일어나 엘라에게 달려갔다.

"엘라! 여태까지 어디 있었어?"

"미안해."

"미안하다니……. 몸은 괜찮아?"

엘라가 고개를 살짝 끄덕였지만 그게 거짓이라는 것쯤

은 나도 안다. 명치 아래가 콕콕 쑤시듯이 아팠다.

어째서 이런 때조차 거짓말로 넘기려고 하는 걸까. 도대체 엘라는 언제까지 이 진실에 침묵할 작정일까.

"……어째서."

참으려고 해도 떨리는 목소리는 어쩔 수 없었다.

"어째서 이런 일을 한 거야?"

"이런 일이라니?"

"엘라가 대신 아픈 거잖아?"

말로 하니 엘라가 타인 대신 아프다는 사실이 더욱 실감 났다. 엘라는 입을 다문 채 아무 대답도 하려 들지 않았다.

"어째서 알려주지 않은 거야! 말해줬으면 이런 일은, 이대로라면 엘라는……."

'죽어'라는 말은 도저히 입 밖으로 낼 수 없었다. 말로 해버리면 진짜가 될 것만 같아 두려웠다.

"이게 내 숙명이니까."

엘라는 차분하게 말했다.

"왜 그러는데? 왜 그런 숙명을 따르는데!"

"천사니까."

당연하다는 듯한 대답이었다.

"······엘라는 지금까지 치료한 모든 사람을 대신해서 아팠던 거야?"

진실을 알고 나서부터 줄곧 궁금했다. 엘라가 방에 둔 앨범 속에는 100명은 족히 넘는 사람들의 모습이 들어 있었다. 만약 그 모든 사람을 대신해서 아팠다면, 엘라의 몸은 훨씬 이른 시점에 망가졌을 것이 분명하다.

엘라가 후우, 한숨을 쉬더니 고개를 저었다.

"천사도 못 고치는 사람이 있다고 한 거 기억해?"

예전에 엘라가 한 말을 떠올렸다.

'사랑하는 사람.'

나는 물론 그 말의 진정한 의미를 모른다.

"천사는 말이야, 자기 자신하고 사랑하는 사람만은 고칠 수 없어."

"어째서?"

"인간을 사랑하면서 천사는 '고통'을 알게 되니까."

"고통?"

엘라는 "맞아" 하고 말을 이었다.

"천사한테는 태어날 때부터 고통이라는 감각이 없어. 가지고 있는 것은 고치는 힘뿐이야. 그래서 천사는 사랑을 몰

라. 사랑은 인간이 고통을 알고 성장하기 위한 행위니까. 하지만 만약 천사가 인간을 사랑하면 인간과 똑같이 고통을 느끼게 돼. 그리고 천사는 그때부터 모든 고통을 이어받아야 하는 거야."

엘라는 체념한 듯 자세하게 이야기해 주었다.

"우리 엄마도 천사였다는 얘기 했잖아."

나는 말없이 엘라를 쳐다봤다.

"우리 엄마는 아빠를 대신해서 돌아가셨어."

"⋯⋯무슨 말이야?"

"엄마는 천사이면서 인간인 아빠를 사랑했어. 그리고 내가 태어났지. 아빠는 말이야, 엄마랑 내가 천사라는 걸 알고 있었어. 그런데 어느 날 아빠가 교통사고를 크게 당한 거야. 엄마는 망설이지 않고 아빠의 고통을 가져갔어. 그래서 아빠는 엄마도, 그리고 두 분 사이에서 태어난 나도 기억을 못 해. 그러니까 아빠는 자기한테 딸이 있었다는 사실조차 몰라."

"그런⋯⋯."

아무리 그래도, 유일한 혈육인 아버지에게조차 잊히다니. 그런 일은 생각지도 못했다.

"어쩔 수 없어. 나도 물론 예전엔 엄마를 조금 원망하기도 했어. 지금은 나라도 똑같이 했을 것 같아. 사실 나, 여기 오기 전에 아빠 사진을 찍었거든."

엘라는 그렇게 말하면서 어깨를 으쓱였다.

"아, 그럼 엘라도 아버지를?"

"아빠가 기억을 잃고 나니까 당연히 쓸쓸했어. 그래서 아빠 케이크 가게에 손님으로 자주 얼굴을 비쳤어. 그런데 아빠가 글쎄, 또 사고가 난 거야……. 정말 지긋지긋하다니까. 사실 크게 다치진 않았지만, 예전 일도 있고 하니 순간적으로……. 결국 나도 엄마랑 똑같은 일을 하고 말았지."

"그러면 엘라는 그 일 때문에?"

내가 그렇게 묻자 엘라는 잠시 침묵하다가 다시 천천히 입을 열었다.

"뭐 상관없어. 나한테 소중한 사람이 건강하게 있어준다면."

가슴이 너무 아팠다.

아버지를 또 한 번 낫게 했기 때문에 아버지는 단골손님이었던 엘라에 대한 기억마저 잃고 말았다. 그것만으로도 괴로웠을 텐데 엘라는 아버지의 고통까지 대신 떠안았다. 그런데도 그토록 가족에게 사랑받은 아버지에게는 그 기억이 없다.

내가 엘라와 같은 상황이었다면 어땠을까. 아마도 두 모녀와 똑같이 했을 것이다. 하지만 내가 아버지였다면, 소중한 아내와 딸의 기억을 잃으면서까지 살고 싶다고 생각했을까.

"아버지가 엘라와 어머니를 기억해 낼 방법은 전혀 없을까?"

너무도 잔혹한 결말에 내 마음이 심하게 요동쳤다. 하지만 엘라는 조용히 고개를 저었다.

"그러면 기적이 아니잖아."

"그래도……."

기적 따위가 뭐라고. 기적 때문에 고독해지는 천사를 보면서 신은 아무 느낌도 없는 걸까.

"그리고 만약에 우리가 아빠 고통을 가져갔다는 사실을 아빠가 알게 되면, 기적은커녕 아빠는 죄책감까지 떠안게 돼. 그런 일은 엄마도 나도 바라지 않아."

"그렇다고……."

더 이상 무슨 말을 해야 할지 몰랐다.

"미안해, 아라타. 아라타한테는 끝까지 말하지 않으려고 했지만······."

엘라는 또 무언가 하고 싶은 말이 있는 듯 말끝을 흐렸다.

"했지만, 뭔데?"

내가 재촉했다.

"······내가 하루라도 더 아라타 옆에 있고 싶어서 욕심을 부리는 바람에. 그치만 너무 오래 있었던 것 같아."

엘라는 빨개진 눈으로 억지로 수줍게 웃어 보였다.

온몸의 피가 끓는 것처럼 뜨거워졌다. 왜 그런 말을 하는 거야. 그런 말을 들으면 나는—

그 순간 나는 엘라의 가녀린 몸을 와락 끌어안았다.

"······부탁이니까 죽지 마."

생각보다 가냘픈 엘라의 몸이 너무나 미덥지 못해서 불안감이 커졌다. 내 몸도 떨리고 있었다.

어깨 너머에서 엘라가 다시 말을 이어갔다.

"난 말이야, 아라타. 인생은 길이가 아니라고 생각해. 그건 이 세상에 태어난 천사도 인간도 마찬가지야. 한정된 시간 속에서 어떻게 살아왔는지가 중요한 거잖아. 그리고 소중한 사람을 만나서 그 사람의 행복을 위해 오늘까지 살아왔다면 나는 그걸로 충분히 행복해."

"하지만 그렇다고 왜 엘라가 이런 일을 겪어야 하는데! 그런 걸 안 했다면 엘라는 훨씬 더 오래 살 수 있잖아……."

숙명이라는 말 한마디로 끝내버린다니, 수긍이 갈 리가 없다.

그 숙명 덕분에 오래 산 생명이 있다고 해도 내게는 눈앞에 있는 엘라가 전부다. 그게 이기적인 생각일까. 이제는 잘 모르겠다.

"어째서 아라타는 길이에 집착해?"

책망하듯 엘라가 물었다.

"그건……."

그런 이유, 일부러 물어보지 않아도 하나밖에 없잖아.

내가 너와—

눈시울이 뜨거워지면서 눈앞이 일렁일렁 흐려진다. 그런 모습을 숨기려고 엘라를 더 힘껏 끌어안았다.

세게 힘주면 금방이라도 부서져 사라질 것만 같은 가녀린 몸이었다. 엘라는 살짝 놀라서 반사적으로 움찔한 듯했지만 바로 힘을 빼고 내 품에 안겼다.

엘라의 어깨에 내 눈물방울이 똑 떨어졌다.

"그건 내가 엘라와 쭉 함께 있고 싶으니까……."

조금 전까지 내 말에 계속 대답해 주던 엘라가 이 말에 입을 꾹 다물었다. 무언가를 참는 듯 엘라의 어깨가 경직되는 것이 느껴졌다.

"……좋아해."

드디어 엘라에게 전한 마음을 창밖의 파도 소리가 채간다.

"나는 엘라를 좋아해."

이번에는 파도 소리에 묻히지 않을 만큼 큰 소리로 다시 한번 말했다.

더는 엘라를 잃고 싶지 않았다.

엘라를 한번 잃고 나자, 내가 얼마나 그녀를 사랑하는지 깨달았다. 이토록 가슴이 저리고 아플 만큼 누군가를 생각한 건 이번이 처음이다.

"엘라가 없으면 나는……."

엘라를 안은 팔에 더욱 힘이 들어갔다.

"나도 아라타가 좋아."

엘라의 말이 내 가슴에 울려 퍼졌다.

"나 말이야, 아라타와 만나서 구원받았어. 사실은 외로웠거든. 숙명이라는 거 알고는 있어도 사람들에게 잊히는 일이 외로워서 견딜 수 없었어. ……그런데 널 만났어. 어쩌면 나는 너를 만나고 싶어서 오늘까지 살아왔는지도 몰라."

그 말에 나는 몸이 떨릴 정도로 기뻤다.

"그럼 이제 아무 데도 가지 말고 여기 있어줘."

엘라와 만나게 된 지금의 나에게, 엘라가 없는 일상은 생각조차 할 수 없었다. 엘라가 천사든 악마든 내게는 엘라가 필요했다.

설령 엘라에게 남겨진 시간이 한없이 제로에 가깝다고 해도.

"부탁 하나만 해도 돼?"

그 말에 나는 팔을 조금 풀어 엘라의 얼굴을 바라봤다. 엘라의 부탁을 들어주는 것, 이번이 몇 번째일까.

"눈이 보이지 않는 남자애가 민박집에 왔잖아. 그 아이와 다시 한번 만나게 해줘."

엘라가 말한 아이는 엘라가 처음으로 낫게 해주기를 거부한 그 아이가 틀림없다. 왜 지금 와서 그런 말을 하는 걸까.

"그 아이 눈을 고치고 싶어."

내 귀를 의심했다.

"무, 무슨 소리 하는 거야! 이미 말도 안 될 정도로 온몸이 만신창이잖아!"

엘라가 다시 그런 말을 하다니 도저히 믿기지 않았다. 지금도, 이 순간에도 엘라의 몸은 병들어 가고 있다. 앞으로 며칠이나 살 수 있을지 모르는데.

"지난번에 그 아이를 낫게 해주면 아라타한테 진실을 들킬 거라 생각했어. 화상이나 몸속의 병이라면 어떻게든 숨기고 지낼 수 있지만, 눈이 보이지 않으면 계속 숨길 수가 없잖아. 그 아이를 고치고 나면 결국 아라타 앞에서도 사라져야 한다고, 그렇게 생각하니까 도저히 할 수가 없었어."

나에게 기적을 계속 믿게 하고 싶어서.

그때 엘라가 거부한 진짜 이유는 나를 위해서였다. 하지만 모든 걸 알게 된 이상 엘라가 자신을 희생하는 일을 더는 가만히 보고 있을 수가 없다.

"그런 문제가 아니잖아"

"하지만 그 아이 눈을 낫게 하고 싶어"

나는 더 이상 참지 못하고 소리쳤다.

"그런 말 하지 마!"

"이제 난 시간이 별로 없잖아. 시간이 없다면 더더욱 미래가 있는 그 아이에게 세상을 보여주고 싶어. 이 아름다운 바다를 보여주고 싶어."

애원하는 엘라의 눈에는 당장이라도 흘러넘칠 것처럼 눈물이 그렁그렁했다. 나도 모르게 눈을 돌렸다. 가슴속에 맺힌 속절없는 감정이 소용돌이치며 나를 집어삼켰다.

"부탁이야, 아라타. 그 아이 한 번만 만나게 해줘."

엘라는 내 팔을 붙잡고 계속 간절히 부탁했다.

"그렇게 말해도……."

어떻게든 이 순간을 잘 넘겨서 적어도 엘라가 평온하게 잠들 수 있는 미래만이라도 만들어 주고 싶었다. 고개를 끄덕이는 일은 도저히 할 수 없었다. 내 마음을 아는지 모르는지, 엘라가 또 말했다.

"아라타, 부탁이야. 해야 할 일을 남겨둔 채로 떠나고 싶지 않아."

그 말이 마음 깊이 꽂혔다.

지금 내가 생각하는 엘라의 행복은 결국 내 만족을 위한 행동에 지나지 않는 걸까.

앞이 보이지 않는 그 아이를 저버리고, 엘라가 떠나는 마지막 순간까지 우리가 만난 저 새파란 바다와 반짝이는 은빛 물보라를 보여주고 싶은 이 마음은 나만의 이상일까.

"내가 어떻게 되더라도, 그 아이의 고통을 가져간다면 난 앞으로도 계속 그 아이의 눈이 되어 이 세상을 볼 수 있어. 그러니까 나는 죽는 게 아니야. 누군가의 일부가 돼서 계속 살 수 있는 거라고."

그렇게 말하며 찡긋 웃음 짓는 엘라의 부탁에 달리 선택의 여지가 없었다. 나는 어쩔 수 없이 고개를 끄덕였다.

◆

구름 한 점 없는 우바라의 하늘이 끝없이 펼쳐져 있다. 밤이 되면 나를 감싸주려는 것처럼 수많은 별이 반짝이기 시작한다.

바닷가에 누운 나는 내 옆에 똑같이 누워 있는 엘라의 손을 가만히 잡고 있었다.

손등에 달라붙은 모래 알갱이가 차갑고 상쾌하게 느껴졌다.

우바라에 막 왔을 무렵에는 이 지역에 아무것도 없다고 생각했다. 도쿄에는 당연하게 있는 멋진 카페도, 50미터마다 자리한 편의점도, 하늘을 가르는 높은 빌딩도, 지하철도 이 지역에는 없다.

하지만 그게 아니었다.

이곳에는 도쿄에는 없는 것이 많이 있다.

성가실 만큼 우거진 녹음도, 바닥이 보일 정도로 아름다운 바다도, 평온하게 흐르는 시간도, 역에서 낮잠을 자는 고양이도 있다. 편리함만 추구하는 도쿄에서는 버려진 소중한 것들이 이곳에 있다.

가로등은 거의 없지만 대신에 밤하늘에 떠 있는 천연의 빛이 우리를 비춰준다. 도쿄에서는 밤하늘을 올려다보는 일이 거의 없었다. 그곳에는 그저 캄캄한 어둠밖에 없었으니까. 그렇게 도쿄에는 없는 것이 이곳에는 많다고 생각하게 된 것은 최근의 일이다. 엘라가 내 앞에 나타나고서부터.

― 아무것도 필요 없다.

엘라만 있어준다면 다른 것은 아무것도 필요 없다. 진심으로 그렇게 생각했다.

아무리 불편한 시골이라도 이 마을에는 엘라가 있다. 소중한 사람만 곁에 있으면 편리함 따위는 전혀 필요 없다.

시간을 신경 쓰지 않아도 되고, 멋진 가게를 찾거나 체면을 차릴 필요도 없다. 그냥 이렇게 손 닿는 거리에 나란히 누워 엘라의 온기를 느낄 수만 있다면 마음은 바로 채워진다.

"예쁘다……."

벌써 몇 번째일까, 엘라의 입에서 그 말이 계속 한숨처럼 새어 나왔다.

"예쁘네."

이 또한 몇 번째일까. 하지만 같은 말을 반복하는 것조차 사랑스럽다. 예쁜 것을 보고 예쁘다고 서로 말할 수 있는 상대가 있다는 것, 그것이 이토록 행복한 일일 줄이야. 하지만 그조차도 결코 당연하지 않다고 생각하니 이번에는 가슴이 조이듯이 아팠다.

엘라가 이 밤하늘의 별을 보는 것도 지금이 마지막이다.

오늘 아침, 엘라는 그 아이를 카메라에 담았다.

세상의 색을 되찾은 아이는 할 말을 잃은 채 눈앞에 펼쳐진 바다만 하염없이 바라봤고, 나중에 온 어머니는 난데없이 일어난 기적에 울음을 터뜨렸다.

엘라가 말했다. 기억이 사라지는 것과 마찬가지로, 다음 날 눈을 뜨면 자신은 서서히 시력을 잃게 될 거라고.

"있잖아, 아라타."

"응?"

"아라타가 지금까지 본 것 중에 가장 예쁜 게 뭐야?"

지금 너와 함께 보고 있는 이 별빛 가득한 하늘과 바다. 그렇게 대답하려 했지만, 그보다 먼저 엘라가 덧붙였다.

"아, 지금 보고 있는 별빛 하늘과 바다 말고."

지금까지 본 가장 예쁜 것. 그런 건 생각해 본 적도 없지만, 머릿속에 들어 있던 광경이 문득 떠올랐다.

"메구로강의 벚꽃이려나."

집 근처를 흐르는 메구로강. 별다른 추억이 있는 것도 아닌데 메구로강의 그 벚꽃은 예전부터 내 마음을 평온하게 해주는 유일한 존재였다.

잠깐 침묵하다가 엘라가 말했다.

"메구로강의 벚꽃, 아라타와 함께 보고 싶었는데."

그 말이 왠지 헛헛하게 들렸다.

"그럼 내년에 같이……"

그러면서 엘라에게 고개를 돌리자 엘라도 나를 보고 있었다. 커다랗고 새까만 눈동자가 나를 바라보며 일렁일렁거렸다.

이렇게 얼굴을 가까이하고 있으니 심장 고동이 빨라졌다. 천천히 흘러가던 시간이 마침내 멈춘 듯했다. 귓가에 맴돌던 파도 소리마저 갑자기 사라지고, 별들에 둘러싸여 우주 한구석에 내던져진 기분이 들었다.

사박. 손으로 모래를 떠밀듯이 조용히 몸을 일으켰다. 잡고 있던 손안에서 엘라의 손가락이 살그머니 움직였다.

엘라의 뺨을 살며시 어루만졌다. 부드러운 피부가 달빛에 비쳐 더욱 하얗게 빛났다. 이대로 점점 투명해지다가 사라질 것만 같았다.

지금 이 순간조차 엘라는 온몸에 전해지는 고통을 견디고 있다. 그렇게 생각하니 눈에서 뜨거운 것이 천천히 흘러나왔다.

그런 내 마음을 아랑곳하지 않고 엘라는 내게 모든 것을 맡긴 듯 가만히 눈을 감았다. 긴 속눈썹이 살짝 떨리고 있었다.

숨을 들이마셨다.

자세히 보면 내 손도 아까부터 계속 떨리고 있다.

아, 누군가를 이렇게나 좋아하게 된 것은 처음이다. 몸이 떨릴 정도로 엘라를 원한다.

이제 이런 사랑은 두 번 다시 못 만나겠지.

눈앞의 천사에게 살며시 얼굴을 가져다 댔다. 그리고 입을 맞췄다.

이 세상에서 가장 다정한 입맞춤이었다.

천천히 얼굴을 떼고 서로를 바라봤다. 엘라의 눈동자 속 우주에는 오직 나만 비치고 있다. 엘라의 눈꼬리에서 반짝반짝 빛나는 눈물이 떨어져 모래를 적셨다.

"……이 세상은 기적으로 넘치네."

엘라는 천천히 눈을 깜빡거리면서 그렇게 말했다.

"기적을 일으키는 게 내 임무지만 내 기적은 아라타가 일으켰어."

"내가?"

"내게 사랑을 줬어."

엘라는 조금 쑥스러운 듯이 얼굴을 찡긋 일그러뜨렸다.

"고마워, 아라타."

갑자기 마음속에 거대한 불안이 꽉 들어찼다. 쏴쏴 소리를 내는 것은 눈앞의 파도가 아니라 마음속이었다. 불안한 나머지 가만히 있을 수가 없어 엘라를 꽉 끌어안았다. 엘라의 존재를 확인하려는 것처럼.

벌써 앞으로의 미래가 훤히 내다보이는 것만 같아 견딜 수 없었다.

엘라가 떠난다. 두 번 다시 만날 수 없는 곳까지 가버린다.

그런데 그 느낌이 왠지 이번이 처음이 아닌 것만 같았다.

"아라타?"

그 목소리가 갑자기 그립게 느껴져 참고 있던 눈물이 왈칵 쏟아졌다.

"……미안, 엘라. 미안해."

무엇이 미안한지 나 자신도 알 수 없었다. 아무것도 모른 채 엘라에게 모든 것을 짊어지게 한 무력한 나였다. 내가 저지른 온갖 잘못을 속죄하는 마음이 한꺼번에 쏟아져 나왔는지도 모른다.

속상하고 견딜 수 없어 흘러넘친 감정이 어느새 눈물로 변해 모래사장에 뚝뚝 떨어졌다.

"아라타, 미안해하지 마."

엘라가 내 머리를 어루만졌다.

"지금까지 내가 한 일, 무엇 하나 후회하지 않아. 정말로 무엇 하나 잘못했다고 생각 안 해. 새로운 인생을 한 번 더 살 수 있다고 해도 나는 또 똑같은 선택을 할 거야. 똑같이 살 거고, 그리고 분명 이곳에 또 올 거야."

엘라의 손이 어린아이를 달래주듯 내 등을 다정하게 쓰다듬었다.

"저 카메라로 사람들을 찍으면 어째서 모두 웃는 얼굴이 되는지 알아?"

엘라가 물었다. 대답하려 했지만 울음 때문에 목이 메어 말소리가 제대로 나오지 않았다.

"……웃는 얼굴을 하게 해주는 상대가 곁에 있어서 그래."

지금까지 일어난 갖가지 기적을 돌이켜봤다. 그리고 그 숫자만큼의 웃는 얼굴을.

"나는 괜찮아. 이 눈이 빛을 잃어도 그 아이가 분명히 내 몫까지 그 눈으로 미래를 봐줄 테니까."

엘라가 마지막으로 일으킨 기적은 틀림없이 그 아이의 인생을 크게 바꿀 것이다. 그 아이는 분명, 이 일을 잊지 않고 기적을 굳게 믿는 사람으로 성장할 것이다.

엘라와 함께한 한 달.

그 짧은 시간에 내 인생은 180도 달라졌다.

내 인생은 엘라를 만나기 위해서 존재했다.

그 엘라가 이제 곧 내 앞에서 사라지려 한다.

내 목숨보다 소중한 엘라가 나를 떠나가려 한다.

이대로 시간을 멈출 수 있다면.

이대로 손 닿는 곳에 엘라가 있어준다면.

186

이대로 변함없이 엘라를 안을 수 있다면.

더는 아무것도 필요 없다. 평범한 일상이라도 상관없다. 불편함도 다 감수할 수 있다.

단지 엘라만 곁에 있어준다면, 앞으로 아무것도 바라지 않겠다.

엘라와 함께 살아가고 싶었다.

끝도 없이 펼쳐진 이 바다처럼, 영원히 반복되는 파도처럼, 엘라와 함께 무한한 시간을 살고 싶었다.

가만히 몸을 떼자 침묵과 바람이 우리 사이를 스쳐 지나갔다.

"Un ange passe."

별안간 엘라가 들어본 적 없는 말을 했다.

"응?"

"프랑스 속담으로 '천사가 지나간다'라는 뜻이야. 대화가 끊겨서 갑자기 침묵이 찾아왔을 때 그렇게 말해. 멋지지?"

아름다운 말이었다. 이제부터 침묵이 흐를 때마다 나는 그 말을 떠올리겠지. 그리고 그 말을 가르쳐 준 천사도.

엘라가 다시 눈을 감고 나를 기다렸다. 그 눈에서 조용히 눈물이 흘러내리는 것을 나는 모른 척했다.

그리고 엘라의 입술에 한 번 더 살며시 입을 맞췄다. 우리 둘의 차가운 입술이 포개지는 그 순간, 시간이 멈춘 것을 확실하게 느꼈다.

이 순간이 바로 '영원'이다.

우리를 뒤덮었던 어둠과 미래가 사라졌다. 이 우주에는 어디까지나 엘라와 나, 둘뿐이었다.

문득 엘라가 눈을 떴다.

그리고 일어나서 나를 향해 카메라를 들었다.

"응······?"

어리둥절한 눈으로 쳐다보는 나에게 엘라가 말했다.

"마지막으로 너를 낫게 해줄게."

엘라는 카메라 파인더에서 눈을 떼더니 나를 똑바로 바라봤다.

"무슨 말이야······?"

"아라타 몸을 치료해 줄게. 두 번 다시 재발하지 않도록."

나는 거의 반사적으로 카메라 렌즈를 피해 일어섰다. 그것이 무엇을 의미하는지, 기적의 대가가 무엇인지 이미 너무나도 잘 알았다.

"안 돼! 그런 짓 하면 나까지 엘라를 잊게 되잖아! 그리고 내 병까지 엘라에게 옮겨가잖아!"

나는 도리이 곁으로 뛰어가 그림자에 몸을 숨기고 엘라에게 소리쳤다.

"아라타, 전에도 말했잖아. 아라타는 의사가 될 숙명이라고."

나와는 달리 엘라는 차분했다. 각오한 듯한 말투였다.

"어차피 난 오래 못 살아. ……그러니까 아라타가 나 대신 살아줘. 그리고 앞으로 나를 대신해서 내가 고치지 못한 사람들의 생명을 구해줬으면 해."

엘라의 눈에서 또다시 눈물이 흘러내렸다. 내 눈에서도 다시금 뜨거운 것이 솟구쳤다.

"무슨……, 싫어! 나는 엘라 기억은 하나도 잊고 싶지 않다고!"

바닷속에 잠긴 것처럼 시야가 흐려지며 엘라의 얼굴이 뿌옇게 보였다.

"괜찮아, 아라타. 넌 이제 혼자서도 잘 살 수 있어. 내가 보장할게."

그런 보장 따위 필요 없다. 나는 단지 엘라에게 남은 시간을 함께 보내고 싶었을 뿐이다.

　사실은 좀 더 빨리 너를 만나 좀 더 오랫동안 너와…….

　― 찰칵.

　카메라를 내린 엘라는 울면서, 동시에 찡긋 웃는 그 표정으로 나를 바라보았다.

　"정말 좋아해, 아라타!"

　엘라는 그렇게 외치더니 느닷없이 바다를 향해 달려갔다. 황급히 쫓아갔지만 엘라는 첨벙첨벙 소리를 내며 그대로 바닷물로 들어갔다.

　"엘라!"

　내가 소리쳐도 아랑곳없었다. 뱅그르르 돌아 나를 바라보며 엘라는 만족스러운 미소를 지었다.

　"아라타!"

　무릎까지 바닷물에 잠긴 엘라가 소리쳤다.

　"아라타, 나, 태어나서 정말 좋았어!"

　엘라의 얼굴은 더없이 만족스러워 보였다. 환하게 웃는 그 얼굴이 그 말에 아무런 거짓도 없다는 걸 말해주었다. 그

때 나는 비로소 엘라가 일으킨 기적을 진심으로 받아들일
수 있었던 것 같다.

천사의 발자취

이걸 악몽이라고 불러도 될지 모르겠다.

최근 10년 동안 가끔가다 꾸는 꿈이다. 그 꿈에서 깨어날 때마다 온몸이 땀으로 젖어 있고 심장이 두방망이질 친다.

오랜만이었다. 침대에 누운 채 그 꿈에 대해 잠시 생각하다가 일어났다. 냉장고에서 물을 꺼내 바짝 마른 목을 축였다.

후우, 한숨이 나왔다. 아직도 뇌리에 꿈 조각이 들러붙어 있다.

엘라의 그 찡긋하는 얼굴이 여전히 나를 향해 미소 짓는 듯했다. 아무리 손을 뻗어도 절대로 닿지 않는 웃는 얼굴에,

그래도 나는 울면서 끊임없이 손을 뻗었다.

그 바다의 도리이 앞에 선 엘라가 밤바다를 향해 빨려 들어가듯이 걸어간다. 뒤쫓아가고 싶지만 도리이가 마치 결계처럼 나를 막아 그 이상 앞으로 나아갈 수가 없다. 나는 울면서 소리치고, 엘라는 몇 번이나 뒤돌아보며 웃어 보인다. 엘라의 입이 소리 없이 천천히 움직인다.

'괜, 찮, 아.'

그 말이 끝을 알리는 신호일까, 늘 똑같이 그 순간에 눈을 뜬다.

엘라에게 사진을 찍힌 그날 밤, 엘라가 좁은 내 침대에서 가만가만 숨소리를 내며 잠을 자던 것까지는 기억한다.

원래 할머니가 나를 위해 마련해 준 싱글침대라 두 사람이 눕기에는 퍽 좁았다.

하지만 결과적으로는 싱글침대라서 좋았다. 이 침대에 둘이 눕자 주먹 하나 들어갈 틈 없이 서로를 바싹 껴안아야 했으니까. 넓은 침대였다면 아무리 엘라와 키스를 나눴다고 해도 나는 침대 안까지 서먹함을 갖고 갔을 것이 뻔하다.

내일이 되면 엘라를 잊는다. 그 공포 때문에 도저히 떨어

196

져 있고 싶지 않아 엘라를 내 방으로 데려갔다.

릭은 믿지 않겠지만 내 마음에는 양심에 거리낄 것이 아무것도 없었다.

단지 아침이 오기 전까지는 엘라가 기억에서 사라지지 않도록 지켜보고 싶었다. 그리고 아침까지 도저히 이 방에서 홀로 가만히 있을 수가 없었다.

어쩌면 차라리 혼자 있는 것이 나았을지도 모른다. 그랬다면 엘라의 온기에 안심하고 옆에서 잠들어 버리는 일은 없었을 테니까.

다음 날 눈을 뜨니 침대에는 나 혼자뿐이었다. 분명히 내 옆에 누워 있던 엘라가 어느샌가 사라졌다.

나는 옷도 제대로 걸치지 않고 허둥지둥 바다로 달려갔다. 엘라가 그곳에 있을 것만 같았다.

모래사장에 발이 푹푹 빠지면서도 엘라의 이름을 몇 번이나 애타게 소리쳐 불렀다. 샌들 신은 발에 모래가 끼어 아팠지만 신경 쓸 겨를이 없었다. 나는 목이 다 쉴 때까지 부르짖고 또 부르짖었다.

복잡한 감정이 내 마음을 옥죄고 있었다.

지금쯤 엘라는 어둠 속을 홀로 헤매고 있을 것이다. 그렇게 생각하니 도저히 견딜 수가 없었다.

그 눈에서 빛이 사라진 마지막 순간에 엘라는 무슨 생각을 했을까. 이 하늘을 우러러보고, 세상 끝까지 펼쳐진 바다를 눈에 담아두려 했을까.

넌 정말 대단해, 엘라.

너에겐 그 무엇도 비길 수 없어.

할 만큼 했어.

엘라를 꼭 안아주고 싶었다.

이제부터는 내가 너의 눈이 되겠다고, 그렇게 엘라에게 전하고 싶었다.

이별이 이리도 갑자기 찾아오는 거라면, 엘라에게 훨씬 많은 말을 전했어야 했는데.

전하고 싶은 말이 많았어.

너에게 해야 할 말이 아주아주 많았어.

정말 많았어, 엘라.

……너를 사랑했어.

사랑했어, 엘라.

이유는 모르지만 처음 만난 순간부터 너에게 뭔가 특별

함을 느꼈어.

그건 단순히 첫눈에 반했다거나 흔한 사랑 느낌이 아니었어.

어째서일까. 왠지 나는 아주 오래전부터 너를 알고 있었던 것만 같아.

엘라와 나란히 바다를 바라보던 도리이 앞에서 문득 발길을 멈췄다.

어제의 그 웃는 얼굴이 아직 그곳에 맴돌고 있는 것만 같았다. 아직 늦지 않았다. 엘라는 분명 어딘가에 있다.

어제까지 내 곁에서 웃어주고 있었으니까.

그렇게 스스로를 타일렀지만, 복받치는 감정 때문에 눈앞이 흐려지고 코가 막혔다. 한심할 정도로 숨이 거칠어졌다.

엘라가 없는 세상을 향해 다시 한번 그 이름을 소리쳐 불렀다.

그 순간, 정신이 번쩍 들었다.

― 어째서 나는 너를 기억하고 있지?

엘라의 카메라에 찍힌 사람은 다음 날이면 엘라를 기억하지 못한다. 어제까지 그렇게나 두려워했던 일이건만, 지금 나는 엘라에 대해 무엇 하나 잊어버리지 않았다.

'나, 잊지 말아줘.'

엘라가 그 약속을 지키게 해준 걸까.

기억하고 있다는 기쁨과 그 기쁨을 웃도는 불안감으로 마음이 뒤죽박죽이었다. 그런데도 다리는 역시 엘라를 향해 움직인다. 그저 엘라를 원하고 있다.

다시 한번 만나고 싶다. 느끼고 싶다. 안고 싶다.

그 이유만으로 내 다리는 계속 움직였다.

하지만 우리가 갔던 바다에도, 패밀리 레스토랑에도, 신사에도, 리소쿄에도, 역 앞에도, 엘라의 모습은 그 어디에도 없었다.

— 그날, 나는 영원히 엘라를 잃었다.

꿈이라도 상관없다. 단 한 번만이라도 엘라를 느낄 수 있다면, 그게 꿈이든 뭐든 상관없었다. 하지만 신은 그조차 허락하지 않았다.

벽에 걸려 있는 시계를 봤다.

오전 5시 40분. 바깥은 아직 어두웠다. 시계 아래에 걸어둔 달력은 12월에 멈춰 있었다.

벌써 3월인데 하도 바빠서 새 달력을 구하러 갈 시간도 없었다. 핑계에 지나지 않겠지만, 달력 따위는 까맣게 잊고 살 만큼 정말로 바빴다.

내가 하는 일에는 연말연시라는 공휴일이 없다. 섣달그 믐날이건 정월이건 환자는 끊임없이 밀려든다. 급기야 작년에는 할머니를 찾아뵙겠다고 약속해 놓고도 지키지 못했다. 정신을 차리고 보니 눈 깜짝할 새에 봄이 성큼 다가와 있었다.

어젯밤 꿈에는 내가 과거 속에 남기고 온 우바라의 바다가 나왔다. 눈을 감고 머릿속으로 바다를 그리고 있노라니 문득 바닷바람 냄새가 코를 스치는 기분이 들었다.

오랜만의 휴일이었다.

아침부터 밤까지 아무 계획도 잡지 않았다. 예전에 늘 그랬던 것처럼 온종일 책을 읽을 작정이었다. 전에 한 번 읽었던, 백혈병 환자가 주인공인 바로 그 연애소설. 마지막으로 읽은 게 어느덧 10년 전이니, 다시 신선한 기분으로 읽을 수 있을 것 같았다.

집중해서 읽으려고 독서를 시작하기 전에 모든 집안일

을 끝마쳤다. 방 구석구석 청소기를 돌리고, 샤워를 하고, 세탁기를 돌려놓고, 상반신에는 아무것도 걸치지 않은 채 음식을 만들었다. 밖은 좀 쌀쌀했지만 실내는 난방을 틀어서 춥지 않았다. 집에 있는 재료를 털어 넣고 소금으로 간한 야키소바를 다 먹었다. 무심코 TV를 켰다가 얼른 다시 끄고는 소파에 앉아 잠시 쉬었다.

이윽고 소설책을 펼쳐 들었다. 처음 이 소설을 읽은 곳은 병원이었다. 내가 샀는지 누군가에게 받은 건지 정확히 기억나지 않지만, 본가에 있던 책을 가져왔다.

팔랑팔랑 책장을 넘긴다. 시간의 흐름을 잊고 곧바로 소설 속 세상으로 빨려 들어갔다.

한창 몰입해 있을 때 갑자기 핸드폰이 울렸다. 모처럼 책에 빠져들어 있었는데 그 기계음 때문에 순식간에 현실로 돌아왔다. 창밖을 보니 어느새 날이 저물어 있었다. 내일부터 해야 할 업무가 머릿속을 스치자 한숨이 절로 나왔다.

어쩔 수 없이 핸드폰을 집어 들었다. 아버지에게서 문자 한 통이 와 있었다.

'오늘 엄마 기일이다. 성묘도 오지 않고 뭐 하는 거냐.'

아버지는 나는 사랑하지 않아도 어머니는 사랑했다고

생각한다.

재혼하고 나서도 어머니 기일에는 으레 성묘하러 갔고, 같은 메구로에 살긴 하지만 따로 나온 뒤에도 그날만큼은 이렇게 꼭 나에게 연락을 했다.

아버지는 어머니가 아직 태어나지 않은 내 생명보다 어머니 자신의 생명을 먼저 생각하길 원했던 것이 틀림없다. 왜냐하면 아버지는 어머니의 기일이 내 생일이기도 하다는 사실은 까맣게 잊고 있으니까.

누군가의 기일에 생일을 축하하는 것은 사려 깊지 않은 일일 수도 있다. 그래서일까, 아버지는 예전부터 한 번도 내 생일을 축하해 준 적이 없다. 그렇다고 새삼스레 이의를 제기할 생각도 없다.

교대 근무를 하다 보니 우연히 생일과 쉬는 날이 겹쳤지만, 생일이라고 해서 특별한 일정은 없다. 예전부터 가족에게 축하받는 일도 없었고, 굳이 말하자면 우바라에서 조부모님이 택배로 선물을 보내준 정도였다.

단, 예전에 내가 생일이면 꼭 하던 일이 한 가지 있었다.

나는 가족과 함께 생일 케이크를 먹은 적이 한 번도 없다. 그래서 매년 무사시코야마에 있는 케이크 카페에 가서

500엔짜리 케이크 세트를 주문했다. 나에게 주는 소소한 생일 선물이었다.

"케이크⋯⋯."

딱히 단걸 좋아하지도 않으면서 생일이라고 생각하니 케이크가 몹시 당긴다. 어린 시절의 동경 때문일까. 마지막으로 케이크를 먹은 것은 작년에 아키야마가 선물로 사 왔을 때였다.

문득 무사시코야마의 케이크 카페가 떠올랐다. 마음이 슬렁슬렁 들뜨며 어젯밤 꿈이 다시 슬그머니 뇌리를 파고들었다.

그 가게 사장님이 앨범 속에 있다는 걸 알았을 때, 드디어 엘라와 연결되는 단서를 발견한 것만 같았다. 무엇보다 엘라가 이 거리에 온 적이 있다는 사실이 놀라웠다. 10년 전에 엘라는 그 일에 대해 내게 알려주지 않았으니까.

당장 케이크 가게 사장님에게 이야기를 들으러 가고 싶었다. 아니, 반드시 가야 했다.

하지만 10년이라는 시간의 공백이 내게는 너무도 길었던 모양이다. 무언가 단서를 알아내야 한다고 생각하면서도, 쓸데없는 일은 이대로 모르고 지내는 편이 나을 수도 있다는 나약한 마음이 들었다.

우바라에서 한 달이라는 짧은 시간을 함께했기에, 나는 오늘까지 엘라를 잊지 못하고 있는 것 아닐까.

진실이 늘 행복이라고는 할 수 없다. 엘라의 기적에 관한 진실을 알았을 때도 그랬다. 어쩌면 엘라는 더는 자신에 대해 알리고 싶지 않을지도 모른다.

그렇기에 그날 아무 말도 없이 내 앞에서 사라진 게 아닐까—

그런 고민을 하다가 어느덧 몇 달이 훌쩍 지났다.

오늘은 내 생일이다. 묘하게도 우바라에서 엘라를 처음 만난 날이기도 하다. 그래서 뭐가 어떻다는 거냐고 물으면 그뿐이지만, 그래도 생일은 반복되는 하루하루 가운데 하나의 획을 긋는 날이다. 새로운 자신으로 탈피하는 때가 아닐까 싶다.

간다면 역시 오늘밖에 없다. 오늘을 놓치면 나는 또 변명을 늘어놓고 정말로 계기를 잃고 말리라.

그냥 케이크만 먹고 돌아올지도 모른다. 그래도 상관없다. 가지 않으면 아무것도 바뀌지 않는다. 그리고 만약 이것이 필연이라면, 분명 무슨 일이 일어날 것 같았다.

그런 예감을 믿고 스스로를 북돋웠다.

성묘는 다음에 꼭 가겠다고 마음속으로 어머니에게 말했다.

읽던 책과 지갑을 숄더백에 챙겨 넣고 침실 서랍장을 열었다. 서랍 안에 내내 넣어뒀던 앨범에 손을 뻗었다. 묵직한 무게감을 느끼며 살며시 눈을 감았다.

'괜, 찮, 아.'

꿈에서처럼 웃고 있는 엘라가 눈꺼풀 속에서 내게 말했다.

✦

무사시코야마 케이크 가게는 밤 10시가 넘어서까지 문이 열려 있었다. 365일 연중무휴, 아침 9시부터 자정까지 영업하는 모양이다.

가게 안에는 아르바이트생으로 보이는 젊은 남자 한 명과 지난번에 봤던 사장님이 있었다.

안으로 들어가자마자 보이는 진열장에 금박 종이에 싸인 옛날식 케이크가 줄지어 있었다. 가게 안은 상당히 널찍

해서 자리가 60석은 되어 보였다.

그림 액자가 여기저기 걸려 있고 군데군데 설치된 장식 선반에는 커피콩을 가는 빈티지 기구와 태엽시계, 램프가 놓여 있었다. 그리고 그들에게 생명을 불어넣듯 여유로운 클래식 음악이 흐르고 있었다. 처음 방문한 사람도 왠지 모르게 추억을 떠올리게 되는 따뜻한 분위기였다.

가장 안쪽 소파 자리가 비어 있어 그곳에 앉았다. 카페 안에 감도는 달콤한 향기에 생일의 쓸쓸한 추억이 되살아났다.

"어서 오세요."

사장님이 내 테이블에 물과 메뉴판을 내려놓았다. 나도 모르게 숨을 죽였다. 역시 그 사진에 찍힌 인물이 틀림없다.

"주문하시겠어요?"

얼굴을 빤히 쳐다보고 있으니 주문하려는 줄 착각한 모양이었다.

"아, 그럼 케이크 세트 주세요. 쇼트케이크랑 커피로."

얼른 주문을 했다. 예전에 늘 시키던 케이크 세트였다.

"케이크 세트, 알겠습니다."

사장님은 다시 주방으로 돌아갔다. 그 뒷모습을 바라보

며 조용히 가슴을 쓸어내렸다. 그가 단지 엘라가 낫게 해준 사람들 가운데 한 명이 아니라는 사실은 이미 짐작하고 있었다.

'아버지는 케이크 가게를 했어.'

예전에 엘라에게 들었던 말. 그의 사진만 숨겨두었던 일. 그걸로 미루어 그가 엘라에게 특별한 사람, 아니 엘라의 친아버지라는 사실은 쉽게 짐작이 갔다.

막상 그를 대면하자 내가 이곳에 뭐 하러 왔는지 잊고 말았다.

엘라에게 사진을 찍혔기 때문에 그는 단골손님이던 엘라를 더 이상 기억하지 못한다.

그저 한 번 더 엘라의 아버지를 똑똑히 보고 싶었을 뿐인지도 모른다. 아버지 가게에 손님으로 자주 찾아간 엘라의 안타까운 추억을, 엘라와의 연결고리 하나를 찾고 싶었던 것뿐인지도.

1년에 한 번씩 내가 찾던 가게에 엘라도 온 적이 있다니. 그런 우연에 가슴이 두근거렸다. 어쩌면 한 번쯤은 마주쳤을지도 모른다.

별생각 없이 훑어보던 장식 선반에서 무언가를 발견한 순간, 하마터면 심장이 멎을 뻔했다. 선반에 놓여 있는 장식품이 엘라가 늘 목에 걸고 다니던 그 카메라와 똑같았던 것이다.

"쇼트케이크 나왔습니다."

그 목소리에 퍼뜩 정신을 차렸다. "그럼 맛있게 드세요" 하고 돌아서려는 사장님을 얼떨결에 붙잡았다.

사장님이 나를 돌아봤다.

"저 카메라는 어디서……?"

카메라를 손가락으로 가리키자 사장님은 "아, 저거요" 하면서 고개를 끄덕였다.

"어느 날 누군가가 가게로 보내온 물건이에요. 보낸 사람은 적혀 있지 않았는데, 아마도 단골손님이었던 여자아이가 갖고 있던 카메라 같아요."

"그렇다면……."

"이미 10년도 더 지난 일이지만요."

그가 카메라를 바라보며 눈웃음을 지었다.

만약 그 여자아이가 엘라를 말하는 거라면. 역시 이 카메라는 엘라의 것이 틀림없다. 시력을 잃은 엘라가 엄마의 유품인 카메라를 아버지에게 맡기려고 보냈을지도 모른다.

하지만 한 가지가 아무래도 마음에 걸렸다. 카메라를 보낸 사람이 정말로 엘라라면 그는 어째서 엘라를 기억하고 있을까. 아니면 내 앞에서 자취를 감춘 뒤에 엘라가 다시 이곳을 찾은 걸까.

"혹시 그 애가 눈이 안 보였나요?"

"아니요? 그렇지 않았어요, 왜냐면 그 아이는……."

"그 아이는?"

"……아, 아무것도 아니에요. 잊어주세요."

사장님은 무언가를 숨기는 듯 고개를 저으며 씁쓸한 웃음을 짓고는 주방으로 돌아갔다.

그가 한 말로 미루어 엘라가 이 가게에 온 것은 나와 만나기 전이었다. 그렇다면 그는 어떻게 엘라를 기억하고 있는 걸까. 나한테 한 것처럼 엘라가 아버지에게 잊지 못하는 마법을 걸었을지도 모르지만 확실하지 않다.

나는 속절없이 케이크에 손을 뻗었다. 촛불도 선물도 없지만, 오늘의 나에게는 생일 케이크다. 포크로 떠서 입에 넣었다. 촉촉한 시트와 부드러운 생크림의 적당한 달콤함이 입안을 채우더니 곧이어 딸기의 새콤달콤한 맛이 확 퍼졌다. 그리웠던 맛. 예전과 조금도 달라지지 않았다.

엘라도 이 케이크를 먹었다. 아버지가 만든 케이크를 먹으면서 엘라는 어떤 심정이었을까. 그런 엘라를 상상만 해도 가슴이 미어졌다.

가방에 넣어두었던 읽다 만 소설책을 꺼내 천천히 펼쳤다. 마음을 가라앉혀야 했다.

결국, 문 닫을 시간까지 그곳에 머물렀다.

소설을 읽다 보니 어느새 다른 손님이 하나도 보이지 않았다. 간간이 청소를 하던 직원도 벌써 퇴근한 모양이었다.

책을 덮었다. 심호흡을 하고 계산대로 향했다. 주방에 있던 사장님이 기척을 듣고 나왔다.

"500엔입니다."

지갑에서 500엔짜리 동전을 꺼내 건넸다.

"아, 저기……."

"네?"

영수증을 건네면서 사장님이 고개를 갸웃거렸다. 말을 할까 말까 망설이다가 용기를 내어 입을 열었다.

"……기적을, 믿으세요?"

그렇게 말하고 보니 내가 꼭 처음 만날 날의 엘라 같았다.

"기적?"

뜬금없는 질문에 그의 미간에 주름이 잡혔다.

그야 당연하다. 느닷없이 이런 질문을 하는 사람은 아마 엘라와 나 말고는 없을 테니까.

갑자기 민망해진 나는 "아무것도 아닙니다, 죄송합니다"라며 고개를 숙였다.

허둥지둥 가게를 나서는데 사장님이 내 뒤에 대고 툭 던지듯이 말했다.

"믿어요."

걸음을 멈추고 뒤를 돌아보았다. 사장님이 나를 똑바로 쳐다보고 있었다.

"……어째서요?"

"기적을 본 적이 있으니까요."

그 말을 듣는 순간, 10년 전 엘라와 함께하며 몇 번이나 느꼈던 그 두근거림이 되돌아온 듯했다.

"이런 말 해도 믿어줄지는 모르겠지만."

사장님은 지난날의 추억을 되새기듯 이야기를 시작했다.

"예전에 교통사고를 당한 적이 있어요. 의사 말로는 더 이상 손쓸 수 없을 정도로 외상이 심해서 살아 있는 게 신기할 정도라고 했어요. ……그런데 다음 날 눈을 떠보니 모든 상처가 감쪽같이 사라져 있었어요. 의사도 깜짝 놀라며 기적이 일어났다고 말했지요.”

엘라에게 들은 대로다. 하지만 그 일은 아무래도 엘라의 어머니가 일으킨 기적 같았다.

“어, 그런데……. 그 뒤로도 사고를 한 번 더 당하지 않으셨어요?”

“아니, 내가 사고를 당한 건 그때 한 번뿐인데요.”

내 입에서 “아아” 소리가 새어 나왔다.

어떻게 된 일일까. 엘라 말대로라면 그는 분명 사고를 두 번 당했다. 그게 아니라면 엘라가 처음으로 타인의 고통을 가져간 기적의 앞뒤가 들어맞지 않는다.

그 대신 그가 단골손님으로 가게를 찾았던 엘라를 기억하는 것은 앞뒤가 맞는다.

머릿속이 혼란스러웠다. 거의 완성했던 퍼즐의 마지막 조각이, 아무리 이리저리 방향을 바꿔봐도 딱 맞춰지지 않는 느낌이었다.

혹시 그에게 앨범 사진을 보여주면 무언가 떠올리지 않을까. 얼른 가방을 열고 안에 든 앨범을 집는 순간, 엘라가 한 말이 퍼뜩 뇌리를 스쳤다.

‘죄책감을 느끼게 하는 일은 나도 엄마도 바라지 않아.’

마지막까지 내가 믿어주길 바라던 기적.

그 기적을 그는 지금도 여전히 믿고 있다. 엘라와 엘라의 어머니가 목숨 걸고 지킨 기적을 내가 쉽게 무너뜨려도 괜찮을까.

만약 이 앨범을 보고 그가 절망에 빠진다면. 나는 그 모든 책임을 짊어질 수 있을까.

새로 덮어쓴 수많은 아름다운 기억을 내가 간단히 벗겨버려도 될까. 그에게 앨범을 보여줘야 할지 말지 고민스러워졌다.

"……만약에 그 사고가 났을 때 아주 중요한 기억을 잃었다면, 알고 싶으세요?"

사장님은 어리둥절한 표정을 지었다.

"그런 일이 있었다면 당연히 알고 싶지요."

그의 얼굴에 당혹스러운 기색이 비쳤지만, 나는 개의치 않고 말을 이었다.

"그 일을 알게 되면 다른 괴로움이 기다리고 있다 해도 알고 싶으신가요?"

그러자 그는 침묵에 잠겼다. 잠시 후, 그가 천천히 입을 뗐다.

"하지만 나에게 중요한 기억인 거지요?"

"아주 중요한 기억이라고 생각합니다."

나는 고개를 끄덕였다. 그것만큼은 자신 있게 말할 수 있었다.

사장님은 어딘가 쓸쓸한 웃음을 띠면서 "사실은" 하고 입을 열었다.

"사실은 말이죠……. 그 사고를 겪은 뒤로 마음속에 구멍이 뻥 뚫린 듯한 상실감이 늘 있었어요. 그게 도대체 뭔지는 지금까지도 모르지만요. 그래서 왠지 손님이 무슨 말을 하는지 알 것 같네요. 소중한 누군가를 늘 기다리고 있는, 그런 기분이거든요."

그의 말에 나는 깊이 공감했다. 내 마음속에도 언제나 그런 상실감이 자리 잡고 있다. 하지만 내 상실감은 엘라를 잃기 훨씬 전부터였다.

"이 가게를 1년 내내 여는 이유는 언젠가 그 누군가가 와 주지 않을까 싶어서예요. 만약 그 사람이 생일날 찾아온다면, 언제든 바로 만든 생일 케이크를 전할 수 있었으면 해서요."

사장님은 그 잃어버린 기억을 되찾고 싶은 것이 분명하다.

그렇기에 하루도 쉬지 않고 그 누군가를 계속해서 기다리고 있다. 마치 내 일 같아서 마음이 아팠다.

고심 끝에 사장님에게 앨범을 보여주기로 했다. 결과가 어떻게 될지는 몰라도.

자신이 도와준 사람들에게 차례로 잊혀가는 숙명을 짊어진 엘라의 고독을 생각하면, 엘라를 구할 수 있는 사람은 나와 사장님뿐일 테니까.

앨범을 꺼내 사진 한 장을 빼서 계산대에 올려놓았다.

그는 의아한 얼굴로 사진을 들여다보다가 흠칫 놀랐다.

"……이거 참, 반갑네요."

그 말에 놀랐다.

"이 사진 기억하세요?"

"아, 물론이죠. 아까 말한 그 단골 여자아이가 찍어줬어요. 이 사진을 왜 손님이?"

그도 나와 똑같은 상황이다. 사진을 찍혔는데도 어째서인지 기억이 남아 있다.

하지만 그가 기억하는 것은 단골손님인 엘라일 뿐 자신의 딸인 엘라가 아니었다. 그렇다면 그의 기억에서는 엘라의 어머니에게 구원받기 전의 일만 쏙 빠졌다는 말이 된다.

216

"이 사진 찍을 때 어디 다친 데 없으셨어요?"

"그 사고 이후로는 아주 건강해요. 백이십 살까지 살 거라고 의사가 장담할 정도니까요. 그리고 그 아이는 항상 그 카메라를 들고 다니며 여러 사람 사진을 찍었어요."

이어 그는 조금 민망한 듯이 목소리를 낮춰 말했다.

"나는 그 아이가 천사였다고 생각해요. 왠지 그런 느낌이 강했어요."

설마― 숨이 막힐 것 같았다. 그의 입에서 천사라는 단어가 나올 줄은 꿈에도 몰랐으니까.

"왜……, 그렇게 생각하세요?"

"그 아이가 아픈 손님 사진을 찍으면, 어째서인지 다들 건강해졌거든요. 이상하게도 다음에 손님이 또 왔을 때 물어보면 그 아이에게 사진 찍힌 일은 모두 싹 잊었더라고요. 나는 기억하고 있지만요. 난 그 아이가 분명 천사였다고 생각해요."

틀림없이 엘라가 한 일이다. 엘라는 아버지 앞에서도 기적을 일으켰다.

엘라는 그렇게 해서 아버지가 자신을 기억하기를 바랐는지 모른다. 하지만 그 사실을 깨닫는 동시에 나는 경악하고 말았다.

더는 내가 할 수 있는 일이 아무것도 없었던 것이다. 유일한 비장의 카드였던 그 사진도 단서가 되지 못했다. 그에게 엘라가 딸이라는 사실을 떠올리게 하기란 이제 불가능하다.

엘라가 이 거리에서도 기적을 일으켰다는 사실은 알게됐다. 엘라는 단지 아버지 곁에 머물 수 있다면 그걸로 충분했는지도 모른다.

아직 몇 가지 의문점이 풀리지 않고 남아 있었지만 이만 돌아가기로 했다.

이제 이곳을 찾는 일은 두 번 다시 없을 것이다. 이곳에는 엘라의 발자취가 너무 많다. 더 이상 만날 수 없는 사람에게 끝도 없이 매달려 있다가는 엘라가 다시 기회를 준 꿈, 바로 의사로서의 숙명을 충실히 이행하는 일은 어림도 없을 것이다.

엘라를 찾는 일은 이번을 마지막으로 하자. 마음속으로 가만히 결심했다.

"실례 많았습니다. 이제 슬슬 전철이 끊길 시간이라 돌아가 보겠습니다."

출입문을 향해 한 걸음 내디디는데 "자네 혹시⋯⋯, 아라타 아닌가?"라는 말이 들려왔다. 순간 내 귀를 의심했다.

"어디선가 본 얼굴 같더라니. 지금 겨우 생각났네."

그에게 이름을 불린 순간, 온몸에 전류가 흐르는 듯한 충격을 받았다. 어떻게 내 이름을 알고 있는 걸까.

"아라타 맞지?"

간신히 고개를 끄덕였다.

"역시. 분위기가 많이 바뀌어서 몰라봤어!"

"어떻게⋯⋯, 제 이름을⋯⋯?"

분명 이 가게에 몇 번 오긴 했다. 하지만 사장님과 대화를 나눈 기억은 전혀 없다. 게다가 나는 1년에 한 번밖에 오지 않았는데 어떻게 내 얼굴과 이름까지 기억할까.

"조금 전에 얘기한 그 단골 여자아이한테 들었지. 그리고 그 아이와 함께 가게에 몇 번 오지 않았나. ⋯⋯아마, 그렇지. '에미'라고 했던가?"

"에미?"

처음 듣는 이름이었다. 그리고 나는 분명히 이 가게에 혼자 왔다.

"그 아이는 잘 지내나? 방금 전에 본 그 사진을 찍어준 뒤로는 한 번도 오지 않아서 걱정했다네."

심장이 두근거리기 시작했다. 좋지 않은 예감이 들었다.

"실은 저 카메라하고 같이 온 물건이 있어. 보낸 사람 주소도 안 적혀 있어서 어떻게 해야 할지 몰랐는데……, 마침 잘됐네! 자네가 와줘서. 잠깐만 기다리게."

그렇게 말하고 사장님은 서둘러 주방 뒤편으로 갔다. 나는 머릿속이 혼란스러워 정신을 차릴 수 없었다. 에미가 누구지? 함께 왔던 단골 여자아이? 아무것도 이해할 수 없는 가운데 심장만이 제멋대로 날뛰고 있었다.

"기다리게 해서 미안하네."

무언가를 품에 안고 사장님이 돌아왔다. 그걸 보자 내 두 눈이 휘둥그레지고 말았다.

내가 갖고 있는 것과 완전히 똑같이 생긴 앨범이었다.

"그거……."

"저 카메라에 '이제 못 쓰게 됐으니 가게의 빈티지 소품과 함께 장식해 주세요'라는 쪽지가 붙어 있었는데, 그때 이것도 함께 왔거든. 아마도 뭔가 착오가 있었지 싶어. 이건 자네한테 보내려던 게 아닐까?"

사장님은 그렇게 말하면서 나에게 앨범을 건넸다.

"만약 아니라면, 자네가 그 아이에게 돌려줬으면 하는데. 그 앨범, 그 아이가 가게를 찾아오던 무렵에 분명 아주 소중히 여기던 거거든."

무슨 뜻인지는 전혀 못 알아들었지만, 내 심장은 아까부터 세차게 두방망이질하고 있었다.

앨범을 열어보기가 너무 두려웠다. 앨범을 열면 결코 알아서는 안 되는 진실을 알게 될 것만 같았다. 그때처럼.

그리고 그날 갑자기 모습을 감춘 엘라가 어떻게 되었는지 알게 되는 것도 두려웠다.

의사의 길로 들어선 내가, 그 무렵 엘라의 몸을 덮친 모든 병을 알고도 아직도 엘라가 어딘가에 살아 있을지 모른다고 믿기란 쉽지 않았다.

엘라를 찾고 있다.

마음속에 되새기던 그 말은 사실은 나를 지키기 위한 주문 같은 것이었다. 그렇게 생각하지 않으면 살아갈 수 없었다. 그렇게 믿고 오늘까지 살아올 수 있었다.

엘라가 내게 마지막 모습을 보이지 않고 사라진 것조차 나를 위해서 한 일이었다. 그걸 깨닫는 데는 그리 오래 걸리지 않았다.

하지만 지금 내 손안에 이 앨범이 돌아와 있다. 이것은 숙명이 아닐까. 사람을 고치는 것이 엘라의 숙명이었듯이 이 앨범을 보는 것은 나의 숙명이다. 그렇게 느꼈다. 더 이상 도망쳐선 안 된다고.

떨리는 손으로 조심스레 첫 장을 열었다. 손이 더 심하게 떨렸다.

앨범의 첫 장을 장식한 사진은 엘라가 처음 우바라에 왔을 때 내게 보여준, 우바라의 바다 사진이었다.

이 앨범은 엘라의 것이 분명하다. 한 장을 더 넘겼다.

그 무렵 엘라가 찍었던 바다 사진과 민박집 사진 들이 꽂혀 있었다. 그런 풍경 사진이 여러 장 이어지다가 또 한 장 넘기는 순간, 머릿속이 새하얘졌다.

그 사진에 찍힌 것은— 나였다.

엘라가 사라지기 전날 찍은 사진은 아니었다. 그 사진 속 나는 그 시절보다 훨씬 어리고, 병실 침대에서 환하게 웃고 있었으니까. 찍힌 기억이 없는 내 사진이었다.

이건 무슨—

뒤미처 어떤 생생한 기억이 해일처럼 머릿속으로 밀려들었다.

지금 이 순간까지 완전히 사라져 있던 기억이었다. 두 번 다시 생각날 리 없던 기억이 한순간에 나를 통째로 삼켜버렸다.

그 기억 속에서, 처음 만났을 때보다도 어린 엘라가 나에게 말을 걸어왔다.

'여기, 앉아도 될까?'

우바라에서 처음 봤을 때보다 훨씬 어리지만 여전히 아름다운 그 아이가, 조금 전까지 앉아 있던 케이크 가게의 바로 그 소파 자리에 앉은 내게 말을 걸어왔다.

'가게에 사람이 많아서, 빈자리가 없네.'

'괜찮아? 다행이야, 고마워.'

기쁜 듯이 미소 지으며 내 앞에 앉는 그 아이. 그 순간부터 눈을 뗄 수 없었다. 그렇다, 그건 내 열세 살 생일 때였다.

'어머, 오늘이 생일이야? 우와! 축하해! 자, 우리 같이 축하하자!'

혼자 생일 케이크를 먹으러 온 내게 그 아이는 따뜻한 박수를 보내주었다.

'나는 에미야. 잘 부탁해, 아라타.'

아아, 그래, 그랬다. 그 아이의 이름은 라파엘라가 아니다. '웃는 얼굴이 아름다운 아이'라는 뜻인 에미笑美. 그것이 진짜 이름이었다.

'그렇구나, 아라타도 엄마가 안 계시는구나. 사실은 나도 안 계셔.'

'우리, 왠지 닮았네.'

그런 사정을 털어놓으면 대부분 나를 불쌍한 눈으로 보지만, 그 아이만은 그렇게 말하며 기쁜 듯이 웃어주었다.

'그럼 이제부터 생일날마다 나랑 같이 축하하자!'

아무도 나에게 관심이 없었다. 그렇게 믿던 나에게 그 아이의 말은 한없이 다정하게 와닿았다.

'의사가 꿈이구나……. 대단해! 아라타라면 할 수 있어! 응원할게!'

'있잖아, 아라타. 실은 말이지, 나……. 천사라고 하면 믿어줄래?'

어느 날 그 애가 항상 목에 걸고 다니는 카메라를 어루만지며 살짝 불안한 표정으로 말했다. 그리고 내 눈앞에서 다친 길고양이를 그 카메라로 낫게 했다. 물론 놀랐지만 무섭다거나 꺼림칙한 느낌은 없었다.

내가 말했다.

'너랑 만난 걸, 난 평생토록 잊지 않을 거야.'

별로 깊은 의미는 없었다. 마음에서 우러나온 솔직한 말이었다. 천사든 뭐든, 어느덧 그 애는 나에게 둘도 없는 존재가 되어 있었으니까.

그런데 그 말에 그 애가 울고 말았다. 처음으로 내 앞에서 보였던 눈물이, 지금 떠올랐다. 지금이라면 알 수 있다. 그 눈물의 의미를. 그 아이의 숙명을 알게 된 지금이라면······.

그때부터 기억 속에서 우리는 늘 함께였다. 나는 날이면 날마다 그 애를 만나러 갔다. 그런 날들을 보내면서 내 안에서 그 애의 존재가 점점 커져갔고, 나는 남자로서 그 애에게 끌리게 됐다. 물론 이성에게 이런 감정을 품은 것은 처음이었다.

열네 살 봄, 나는 그 메구로강 벚꽃 아래에서 그 애에게 내 마음을 전했다.

그 애는 내 고백을 듣고 눈이 동그래졌다. 하지만 곧바로 행복한 웃음을 지으며 이렇게 대답했다.

'나도야, 아라타. 나도 널 정말 좋아해.'

그 애 뒤쪽으로 벚꽃잎이 흩날리고 있었다. 꽃잎처럼 수줍어하는 발그레한 그 얼굴, 코에 주름이 자글자글하도록 찡긋 웃으며 기뻐하는 그 얼굴을 어떻게 지금껏 잊고 있었을까.

밀려오는 기억의 소용돌이에 휩쓸릴 것만 같았다. 입술을 꽉 깨물었다.

내게는 그 아이와 메구로강에서 함께한 소중한 기억이 있었다.

소중하기 그지없는, 결코 잊어서는 안 되는 기억이.

기쁘고 행복한 나머지 벚나무 아래서 나도 모르게 그 애를 끌어안았을 때의 감촉까지 되살아났다.

'있잖아, 아라타. 아라타가 지금까지 본 것 중에 가장 예쁜 게 뭐야?'

그 애는 그렇게 묻더니 '아, 메구로강 벚꽃 빼고'라고 덧붙였다.

'음, 우바라의 바다?'

'흠, 아라타 할머니 댁이 있구나. 앗, 사진 갖고 있어?'

'우와, 정말 예뻐! 있잖아, 이 사진 내가 가져도 돼?'

'언젠가 아라타랑 이 바다, 보러 가고 싶어.'

사진을 뚫어져라 들여다보던 그 애의 옆얼굴. 그 뺨에 그리고 그 입술에, 몇 번이나 입을 맞췄던가.

열세 살에 처음 만나서 1년이 지나 메구로강 벚나무 아래에서 고백하고 열일곱 살이 될 때까지 나는 그 애의 연인이었다. 열일곱 살 봄에 내 몸에 다시 이상이 생기기 전까지는.

내 병이 뭔지 털어놓자 그 애는 주저하지 않고 말했다.

'내가 낫게 해줄게.'

'괜찮아, 아라타한테는 절대 잊히지 않을 수 있는 방법이 있어.'

'실은 말이지, 내가 사랑하는 사람만은 이 카메라로 사진을 찍어도 그 기억이 사라지지 않아.'

'응, 진짜야. 그러니까 아라타는 나를 잊지 않아, 내가 장담할게.'

'그러니까 아라타는 꿈을 포기하지 말아줘.'

'……만약에 말이야, 만약에 아라타가 나를 잊어도, 꼭, 반드시 나는 또 아라타 앞에 나타날 거야. 몇 번이고 다시 아라타와 만날 거야.'

그때 그 애는 내게 두 가지 거짓말을 했다.

하나는 사랑하는 사람만은 기억이 사라지지 않는다는 것이다.

그 때문에 나는 지금까지 이 케이크 가게에서 처음 만난 그 애를 잊고 있었다. 내가 우바라에서 일어난 수많은 기적을 잊지 않았던 것은 그 애가 어떤 마법을 부려서가 아니었다. 예전에 그 애에게 사진을 찍힌 적이 있어서였다.

그때 나는 이미 완치되었을 것이다. 우바라에서 마지막으로 엘라가 찍은 내 사진은 속임수였다. 그렇기에 기억이 사라지지 않았다.

케이크 가게 사장님 역시 같은 이유로 그 애를 단골손님으로 잊지 않고 기억하는 것이다.

그리고 또 하나. 그 애는 가장 중요한 일을 나에게 말하지 않았다.

자기가 갖고 있던 그 카메라로 절대 찍으면 안 되는 상대가 있다는 사실.

— 천사가 사랑하는 사람.

그 사람을 찍으면 그 순간부터 그 애에게 고통이 옮겨간다는 사실을 열일곱 살의 나는 몰랐다. 그렇기는 해도, 혹시라도 그 애에 대한 기억이 사라질까 두려웠던 나는 잠시나마 내 힘으로 병을 이겨내고자 병원에 입원했었다.

가족은 면회도 거의 오지 않았지만 그때도 그 애는 매일같이 나를 만나러 와줬다.

'아라타, 이 연애소설 읽어봐. 백혈병에 관한 이야기인데 정말 감동적이야.'

'불길하다고? 이야기 속 주인공이 죽긴 하지만 너랑은 달라. 왜냐면 네 곁에는 천사가 있으니까.'

그 말이 떠올라 서둘러 가방에서 그 연애소설을 꺼냈다. 그리고 맨 마지막 장을 펼쳤다.

거기에 있었다.

전에도 한 번 들은 적 있는 그 애의 메시지가.

힘내! 아라타! 너의 결말은 해피엔딩이야! 에미.

리소쿄에서 그 애가 했던 말과 딱 겹쳤다.

눈물이 확 복받쳤다.

내 투병 이야기의 결말은 확실히 해피엔딩이었다. 자꾸만 밀려드는 파도처럼 증상이 악화되자 어느 틈엔가 마음이 꺾여 끝내 사진 찍는 것을 허락해 버렸으니까.

그 애의 거짓말에 감쪽같이 속아 촬영을 허락한 나는 건강한 몸을 얻는 대신 그 애와의 모든 추억을 잃고 말았다. 그것도 그 애의 몸을 희생양으로 삼아.

그 애가 처음으로 고통을 가져간 사람은 그 애의 아버지가 아니었다.

바로 나였다.

'나, 잊지 말아줘.'

우바라에서 내 앞에 다시 나타난 엘라가 했던 그 말이 가슴을 꽉 조여왔다. 엘라가 어떤 마음으로 그런 말을 했을지 생각만 해도 눈물이 났다.

"괜찮나?"

사장님이 그런 나를 걱정스러운 듯 쳐다봤다.

목소리가 나오지 않았다. 숨 쉬는 것조차 괴롭다. 지금까지 잊고 있던 그 애, 에미의 표정 하나하나가 되살아났다. 흐르는 눈물에 씻긴 기억이 반짝반짝 빛나기 시작했다. 두 번 다시 돌아오지 않을 과거가 그저 아름답게 빛났다.

"이 앨범, 예전에 그 아이가 보여준 적이 있다네."

나는 울면서 간신히 고개를 들어 사장님을 쳐다봤다.

"그 아이, 그 앨범을 보면서 행복하게 말했지. '저 지금까지 전혀 몰랐어요. 사람을 사랑하는 고통이 이렇게나 행복하다는 걸요'라고. 정말로 행복해 보였어."

엘라가 짊어진 내 고통은 엘라의 몸속에서 점점 퍼져나 갔을 것이다. 내가 그 애의 존재를 까맣게 잊은 뒤에도 그 애는 그 고통을 혼자서 끌어안고 있었다고 생각하니 속이 뒤집혀 입 밖으로 튀어나올 것만 같았다.

그런데도 그걸 행복이라고 말한 그 애를, 나는 두 번 다시 만날 수 없다. 다시는 이 팔로 안을 수 없다.

"이건 자네가 갖고 있는 게 좋겠어."

그렇게 말한 사장님이 선반에 놓여 있던 그 카메라를 나에게 내밀었다.

"……어째서."

떨리는 목소리로 물었다.

"쪽지에는 이제 못 쓰게 됐다고 적혀 있었지만, 그 카메라 아직 잘 작동하거든. 그냥 선반 위에 장식해 놓으면 안 될 것 같아. 자네라면 분명히 잘 다루겠지. 그 아이도 그걸 바랄 걸세."

멍하니 카메라를 건네받았다. 그 애가 떠안은 고통처럼 묵직한 무게가 손안에 들어왔다.

에미는 자기 이름처럼 이 카메라로 나뿐만 아니라 많은 사람에게 웃는 얼굴을 선사해 주었다. 그 누구의 기억에도 남지 않았지만, 그 애가 이루어낸 위대한 업적이야말로 '기적' 그 자체였다.

너는 정말 못 당하겠다.

나는 무슨 수를 써도 그런 기적을 일으킬 수 없는데.

……하지만, 그래도, 이런 나에게도 엘라처럼 누군가를 구할 능력이 조금이라도 있다면. 이 손으로 조금이라도 많은 사람을 웃게 할 수 있다면. 그 꿈을 이루는 일이 나에게 돌아온 그 애의 소원이었다면. 그것이 바로 남겨진 내가 유일하게 할 수 있는, 그 애의 은혜를 갚는 길이 아닐까.

엘라에게 받은 갚을 수 없을 만큼 크나큰 은혜를, 또 다른 누군가를 도와줌으로써, 그 하나의 도움이 또 다른 도움으로 이어져 언젠가 엘라에게 전해질 수 있다면.

"언젠가 그 애를 다시 만나게 되면 그 카메라를 전해주게. 어떻게 이리로 오게 됐는지는 몰라도, 지금 자네 손에 그 카메라가 건너간 건 틀림없이 인연이 있어서일 테니까."

나는 손에 든 카메라를 내려다보다가 엘라가 남긴 그 기적의 카메라를 꽉 움켜쥐었다.

"알겠습니다. 이건 제가 맡아두겠습니다."

이 카메라에 깃든 엘라의 영혼과 함께 살아가자. 그것이 바로 내 숙명이다. 그 애가 살려준 이 목숨이 조금도 헛되지 않도록 살아가자. 그렇게 마음속으로 맹세했다.

"에미……, 였구나."

그리운 그 이름을 다시 한번 불러본다.

따스한 울림을 지닌 이 이름을 지은 사람은 설령 기억이 없다고 해도 그 애의 아버지인 사장님일 것이다.

"이름이 참 예쁘네요."

"그렇지, 그 애한테 참 잘 어울려."

사장님이 미소 지으며 말했다.

순간 우리 두 사람 사이에 침묵이 흘렀다.

'Un ange passe.'

— 천사가 지나간 것 같았다.

"고맙네. 자네를 만나서 즐거웠어."

가게를 나서려는 나에게 사장님은 왠지 그리운, 그 찡긋하는 웃음을 지어 보였다.

〈바다가 들린다〉

그런 영화 제목이 문득 떠올랐다.

도쿄역에서 와카시오 5호 특급열차를 타고 가쓰우라까지 가서 다시 소토보선으로 한 정거장. 고층 빌딩이 늘어서 있던 차창 너머 풍경이 차츰 익숙한 시골 마을 풍경으로 바뀌었다. 선로 바로 옆까지 나무가 울창한 푸르른 숲, 끝도 없이 펼쳐진 평평한 밭, 오래된 상업시설 간판, 멀리 보이는 산꼭대기……. 하나하나가 다 반갑기만 했다.

산등성이가 이어지다가 확 사라지더니 눈앞에 홀연히 바다가 펼쳐졌다. 가슴이 꽉 조여왔다.

십수 년 만에 찾은 우바라의 바다는 지금도 무엇 하나 변하지 않은 채 나를 환영해 주었다. 일찍이 이 바닷가에서 봤던 수많은 기적이 마치 어제 일처럼 선명하게 되살아났다.

4월. 올해도 만발한 메구로강 벚꽃을 보면서 다시 우바라를 찾을 결심을 했다. 지금이라면 갈 수 있을 것 같았다.

이 마을에는 에미, 아니 엘라와의 추억이 빼곡하게 차 있다. 어디를 둘러봐도 엘라의 모습이 여기저기 있었다. 이 바다에도, 패밀리 레스토랑에도, 신사에도, 리소쿄에도, 역 앞에도. 엘라는 어디에도 없지만, 눈을 감으면 여전히 그곳에 있는 그 애가 보였다.

늘 두려웠다. 엘라가 없는 우바라에 돌아가면 함께 지낸 나날들이 새로운 기억으로 덮여버릴 것만 같아서. 기억 속 그 애가 희미해지고 멀어져 버릴 것만 같아서.

잊고 싶지 않다고 절실하게 생각하면 할수록 점점 멀어지는 느낌이었다.

그런데 아니었다.

벚꽃이 해마다 새로 꽃을 피우듯, 기억은 멀어지기만 하는 게 아니다. 매번 되풀이되는 사계절 풍경 속에서 몇 번이고 다시 돌아온다. 함께 바라본 바닷가에서 엘라는 언제나 내 곁에 있다.

아무리 두 번 다시 만날 수 없는 곳에 있다 해도, 눈을 감고 귀를 기울이면 엘라는 지금도 바로 그곳에 있는 것만 같다. 웃음소리마저 들리는 듯하다.

"뭐 해?"

바로 일주일 전에 입원한 다섯 살짜리 여자아이가 병실

에서 혼자 수액줄을 단 채 종이접기를 하고 있다. 아이는 조그맣게 "꽃"이라고 대답했다.

누구에게 줄 거냐고 묻자, 아이는 나를 힐끗 곁눈질하고는 "엄마"라고 말했다.

"그렇구나, 엄마가 기뻐하시겠네."

하지만 아이는 표정 하나 바뀌지 않은 채 말없이 종이만 접었다. 입원한 뒤로 웃는 모습을 한 번도 본 적이 없다. 겨우 다섯 살에 부모와 떨어져 병원에 홀로 있다. 웃음을 잃어버린 것도 이해가 간다.

그때 갑자기 다른 어린이 환자들이 우르르 들어왔다. 새로 온 아이와 친구가 되고 싶은 모양이다. 그중 하나가 여자아이가 접던 종이를 보더니 흥미로운 듯 "뭐 만들어?" 하고 물었다. 여자아이는 긴장했는지 입을 꾹 다물고 있었다.

"꽃을 만들어서 엄마한테 선물한대."

내가 대신 대답했다.

"그럼 다 같이 만들어서 꽃다발로 하자!"

아이들의 말에 여자아이는 깜짝 놀란 듯 고개를 들었다. 아이들이 침대 주위에 모여들어 왁자지껄 떠들면서 종이를 접기 시작했다. 여자아이는 처음에는 살짝 당황한 기색이었지만 차츰 표정이 부드러워졌다.

그 모습을 보고 나는 목에 걸고 있던 무언가를 잡았다.

"앗, 선생님이 또 사진 찍으려고 한다!"

한 아이가 알아차리고 나를 손가락으로 가리켰다. 아이들은 싫은 기색 없이 침대로 기어오르거나 서로 뺨을 맞대면서 내가 들고 있는 카메라 앞에서 환하게 웃었다.

— 찰칵.

그 순간, 줄곧 웃지 않던 그 아이가 갑자기 부드럽게 미소 지었다.

"와, 봐봐, 또야!"

아이들이 여자아이 얼굴을 말똥말똥 쳐다보며 말했다. 여자아이는 의아하다는 듯 고개를 갸웃거렸다.

"선생님이 저 카메라로 사진 찍으면, 다들 웃는 얼굴이 되거든! 어떤 아이라도 꼭 웃는다니까!"

흥분한 아이들을 보니 나까지 웃게 된다. 눈동자를 반짝 반짝 빛내며 한 아이가 물었다.

"선생님, 그거 '기적의 카메라' 맞죠?"

바닷가에 신발을 벗어놓고 엘라와 내가 늘 함께 바다를

바라보던 도리이 주춧돌에 올라앉았다. 쏴아쏴아, 발밑으로 투명한 파도가 거품을 일으키며 밀려왔다.

목에 걸고 있던 카메라를 들었다. 엘라가 수많은 사람의 얼굴을, 웃는 모습을 찍은 그 카메라를 이제 내가 물려받았다.

이 카메라는 엘라가 남긴 마지막 기적이다.

죽는 모습을 보이지 않는다는 고양이처럼 엘라가 자취를 감추자, 덩달아 기적을 잃은 듯했던 이 카메라. 하지만 엘라의 기적은 아직 이어지고 있다.

이 카메라는 지금도 찍힌 사람 모두를 웃는 얼굴로 만들수 있다. 아무리 힘든 상황에서도 결코 웃음을 잃지 않았던 엘라처럼, 이 카메라에는 사람을 웃게 만드는 기적의 마법이 걸려 있는 듯했다.

이번에는 내 차례다. 에미가 준 생명이 헛되지 않도록, 이손으로 반드시 엘라처럼 많은 기적을 일으켜 보이겠다.

그 곁에서 이 카메라도 또다시 그 기적을 계속 찍어가리라.

원래 주인인 에미의 이름처럼, 이 카메라는 지금도 '아름다운 웃는 얼굴'을 담아내는 '기적'의 카메라니까.

카메라를 들고 렌즈 너머로 끝없이 펼쳐진 우바라의 바

다를 바라본다.

신이 깃든 바다, 천사가 내려오는 하늘. 바다와 하늘이 섞이는 저 너머에 나도 아직 모르는 기적이 기다리고 있는 걸까.

우바라의 바다에 오늘도 선명한 그러데이션을 그리면서 하루의 임무를 마친 태양이 저물려고 한다. 바다의 하늘이 가장 아름다운 시간이다.

"하늘에서 천사가 내려올 것 같아."

등 뒤에서 느닷없이 들려온 그 목소리에 소스라치게 놀라 휙 돌아봤다. 뇌가 기우뚱 흔들렸다.

그곳에 서 있는 한 사람을 보자 두 눈이 휘둥그레졌다.

바닷바람에 긴 머리카락이 휘날리고, 맑고 새하얀 피부는 태양 빛에 붉게 물들어 있다.

꿈을 이어서 꾸는 것만 같다.

두근, 두근, 두근, 두근.

심장 고동이 온몸에 묵직하게 울려 퍼졌다.

설마 그럴 리가. 이런 일은 있을 수 없다.

10년 전 그때, 그 애는 이미 살아 있는 것이 기적일 정도로 쇠약해져 있었으니까.

"말도 안 돼……."

마음의 소리가 나도 모르게 새어 나왔다.

어리둥절해 있는 나를 바라보며, 그 애가 내 눈앞에서 차분하게 말했다.

"……너는 기적을 믿어?"

언젠가 들었던 말이었다. 그런 말을 하는 사람은 그 애 아니면 나밖에 없다.

도리이에서 펄쩍 뛰어내려 한 걸음 앞으로 내딛다 말고 우뚝 멈춰 섰다. 현실인지 믿기지 않았다. 전철을 타고 스무 살 생일날로 돌아온 것만 같았다.

"에미, 맞아?"

이제 더는 부를 일이 없다고 생각했던 이름을 떨리는 목소리로 불러보았다.

그 애는 대답 대신 사진 한 장을 내밀었다.

나는 할 말을 잃었다. 그것은 그 애가 마지막으로 찍어준, 웃는 얼굴의 나였다.

"널 찾고 있었어."

아름답고 솔직하고 너무나도 순수한 눈동자였다.

이미 오래전에 죽었다고 생각한 그 애가 눈앞에 서 있다. 믿을 수 없는 일이 또 일어났다. 가슴이 철렁 내려앉았다.

이미 알고 있었다.

이 세상에 일어나는, 믿을 수 없는 '기적'을 일으키는 단 하나의 정체를.

"……너도 천사를 만난 거야?"

그 애는 아무 대답 없이 어깨를 으쓱하고는 후훗, 웃었다.

그 애가 사라진 그날, 아득한 그날부터 줄곧 그리워하던 웃는 얼굴이 눈앞에 있었다.

눈을 감고 마음속으로 얼마나 그려봤던가. 잊은 적이 없었다. 오늘까지 줄곧. 단 하루도 빠짐없이.

이 마을에서 지낼 때 나는 그 애에게 수없이 상처를 줬다. 두 번째로 만난 내가 모든 기억을 잊고 천진난만하게 말을 걸 때마다 그 애는 마음속으로 눈물을 흘렸겠지. 그 애가 내게 준 사랑의 크기를 생각하면 그 상처는 무엇보다도 깊을 것이다.

그 애에게 상처를 준 벌로 나에게 이런 기적은 두 번 다시 일어나지 않을 줄 알았다. 일어날 리 없다고 믿었다. 그런데도 그 애는 나에게 돌아왔다. 그때와 아무것도 달라지지 않은 웃는 얼굴로.

어째서 너는 몇 번이나 나에게 돌아와주는 거야.

어떻게 그렇게 강한 거야. 내가 그렇게 상처를 줬는데, 어째서 아무 일도 없었던 것처럼 웃는 얼굴로 나를 바라봐 주는 거야.

어째서, 어째서, 어째서.

……그래도 만약 다시 시작할 수 있다면. 그것이 허락된다면.

두 번 다시 그 애를 잃지 않을 것이다.

두 번 다시 그 애를 잊지 않을 것이다.

두 번 다시 그 애에게 상처 주지 않을 것이다.

이번에야말로 나는 그 애를……

두 눈이 불타는 듯 뜨거웠다. 태양이 아직 바다 끄트머리에서 버티고 있어서겠지.

서서히 차오르는 눈물을 소매로 훔치고, 그 애를 똑바로 바라봤다.

"……나도 계속 널 찾고 있었어."

그 애의 눈동자가 황혼의 바다를 향한다. 카메라 셔터처럼 눈을 깜박인다.

눈앞의 바다를 그 눈동자에 새기는 것처럼 몇 번이나, 몇 번이나.

카메라를 다시 들었다.

— 찰칵.

네모나게 잘린 피사체 속에, 찡긋 웃는 그 애의 얼굴이 들어와 있다.

이제 바다보다 하늘이 아름다운 시간이다.

슬슬 모래밭에 누울 준비를 하자. 그 애는 또다시 내 옆에 누워 별이 쏟아지는 하늘을 바라봐 줄까. 틀림없이 그럴 것이다.

이 세상은 내 상상을 뛰어넘는 '기적'이 넘쳐나는 곳이니까.

기적을 담는 카메라

초판 1쇄 발행 2024년 3월 29일
초판 6쇄 발행 2024년 8월 12일

지은이 요시쓰키 세이
옮긴이 김양희

책임편집 안희주
디자인 어나더페이퍼
책임마케팅 김서연, 김예진, 김소희, 김찬빈, 박상은, 이서윤, 최혜연, 노진현, 최지현
마케팅 유인철
경영지원 백선희, 권영환, 이기경
제작 제이오

펴낸이 서현동
펴낸곳 ㈜오팬하우스
출판등록 2024년 5월 16일 제2024-000141호
주소 서울시 강남구 테헤란로 419, 11층(삼성동, 강남파이낸스플라자)
이메일 info@ofh.co.kr

ⓒ 요시쓰키 세이

ISBN 979-11-93358-70-2 (03830)

모모는 ㈜오팬하우스의 출판브랜드입니다.